Jo Hanns Rösler wurde am 7. April 1899 in Königstein an der Elbe geboren, besuchte das humanistische Staatsgymnasium in Dresden, um Theologie zu studieren, kam verwundet aus dem ersten Weltkrieg zurück und begann sofort, seine ersten Beiträge im »Simplicissimus«, der »Jugend«, den »Lustigen Blättern« und im »Berliner Tageblatt« zu veröffentlichen. Er heiratete in jungen Jahren eine Wiener Schauspielerin namens Kitty und lebte mit ihr in Paris, Berlin, Wien und auf der Insel Mallorca, bis er im Jahre 1935 seßhaft wurde und seinen Berghof über Feilnbach erwarb. Sein Bühnenstück »Philine« ging über alle Bühnen und wurde zweimal verfilmt. Rösler gehörte mit seinen heiteren und besinnlichen Geschichten, die er selbst las, zu den beliebtesten Rundfunkautoren. Er starb am 25. September 1966 in München.

Außer dem vorliegenden Band sind von Jo Hanns Rösler
als Goldmann-Taschenbücher erschienen:

Wohin sind all die Jahre . . . (3398)
Wohin sind all die Tage . . . (3407)
An meine Mutter (3467)
Kitty und Johannes (3537)
Lachen Sie mit Jo Hanns Rösler (3484)

Jo Hanns Rösler

Wohin sind all die Stunden...

Heitere Erzählungen

Wilhelm Goldmann Verlag

Ungekürzte Ausgabe

1. Auflage Juli 1976 · 1.–10. Tsd.
2. Auflage Januar 1978 · 11.–16. Tsd.
3. Auflage August 1978 · 17.–21. Tsd.
4. Auflage März 1979 · 22.–29. Tsd.
5. Auflage August 1980 · 30.–39. Tsd.
6. Auflage November 1982 · 40.–49. Tsd.

Made in Germany
Genehmigte Taschenbuchausgabe
Die Originalausgabe ist im Stieglitz Verlag, E. Händle, Mühlacker, erschienen
Umschlagentwurf: Atelier Adolf & Angelika Bachmann, München
Umschlagfoto: Hans Wehnert/Bildagentur Mauritius, Mittenwald
Druck: Elsnerdruck GmbH, Berlin
Verlagsnummer: 3421
Lektorat: Martin Vosseler · Herstellung: Harry Heiß
ISBN 3-442-03421-3

Inhalt

Vorwort 7
Die Entscheidung 10
Kalender der Liebe 14
Ehetips für Ehefrauen 16
Seufzer eines Ehemannes 19
Der Faschingsball war ausverkauft 22
Fasching 26
Was ziehe ich an, Theodor? 32
Wir telefonieren weniger 35
Klavierkonzert 40
Heiratsagentur 42
Pfingsten passiert immer etwas 45
Schöne große rote Erdbeeren 47
Die Putzfrau und das goldene Herz 50
Spanische Novelle 54
Die Privatsekretärin 57
Ich möchte an den Königssee 60
Das Elternhaus 63
Besuch auf dem Land 68

Die Ehre der Bienen 71
Leben mit Vater 74
Ich bin mit einem Haus verlobt 78
Geliebte Stimme 81
Das Herz eines Lehrers 83
Das Fußball-Länderspiel 86
Blick eines Zöllners 90
Ein angenehmer Zeitgenosse 93
Die Touristenfalle 95
Der Mann vorm Kamin 99
Zwischenfall in der Bondstreet 103
Ein kleiner Koffer aus rotem Leder 110
Jede Minute ist kostbar 114
Zwischenfall in Verona 116
»Sie haben genug gearbeitet in Ihrem Leben ...« 119
Winterurlaub in Sicht 125
Weihnachten ohne Baum 127
Silvester auf der Zugspitze 131
Von der Freude des Zubettgehens 135
Ein Brief 138
Beigesetzt in aller Stille 141
Im Selbstbedienungsladen des Lebens 145
Nachworte 149

Vorwort

Als die Geschichten dieses heiteren, besinnlich machenden Buches entstanden, näherte sich der Tod. Mitten im Sommer meldete er sich bei Jo Hanns Rösler dadurch an, daß der Arzt ihn ins Krankenhaus schickte. Zurück blieb sein grüner, von Rosen bestandener Berg in der Nähe des Wendelsteins. Stille zog ein in sein altes Haus mit den gemütlichen Räumen, es war ein heißer, drückender Sommer, und wir alle hatten den Eindruck, daß der große, von Jahr zu Jahr durch immer neue Terrassen und Beete wachsende Garten spürte, daß plötzlich der Gärtner fehlte.

Auf seinem Schreibtisch lag ein abgeschlossenes Manuskript: die Geschichten, denen er den Titel gegeben hatte »Wohin sind all die Stunden . . .«. »Das Vorwort schreibe ich, wenn ich wieder zurück bin«, sagte er und stieg in den Krankenwagen. Er hatte immer Angst vor Vorworten, nicht weil ihm etwa nichts eingefallen wäre – nein, weil er nie ein falsches Wort sagen oder schreiben wollte. Er war bescheiden. Seine Geschichten, die er mit unnachahmlicher Leichtigkeit erzählte, waren ihm ans Herz gewachsen wie seine Kinder. Er hatte ihnen das Beste auf ihren Weg mitgegeben: Ehrlichkeit, Herzlichkeit, das Lächeln für den Alltag – und er war der Meinung, daß seine Geschichten stark genug waren, um sich allein und ohne feierliches Vorwort in unserer rauhen, lauten Welt zu behaupten.

Das Vorwort zu diesem Buch schreibt ihm nun seine Familie, die ohne ihn nicht denkbar ist und ohne die er selbst nicht hätte sein können. Seine Familie zieht sich wie ein roter Faden durch alle seine Geschichten, Romane, Filme und Theaterstücke. Die Frage ist müßig, was aus ihm ohne Kitty, seine Frau und Begleiterin in leichten und in schweren Tagen, geworden wäre. Sie war ein Teil von ihm, und seine heitere Philosophie, mit der er das Leben betrachtete und verschönte, hing mit Kittys Naturell zusammen, seine Familie um ihn zu scharen.

Jetzt ist die Familie allein mit ihren Erinnerungen. Uns allen läßt der Tag wenig Zeit zum Nachdenken und Grübeln, aber wenn es Abend wird und die Dunkelheit auf das alte Bauernhaus am Berg fällt, fragen wir uns: »Wohin sind all die Stunden, die wir für unverlierbar hielten und die doch vergangen sind, wie alles auf dieser Welt vergeht?«

Vergeht wirklich alles? Ich glaube es nicht. In einem seiner letzten Manuskripte schrieb Jo Hanns Rösler, schon abschiednehmend: »Die Seiten meiner Bücher werden bald vergilben, die Zeitungen, in denen meine Geschichten standen, sind längst verbrannt, die Röhren der Rundfunksender, durch die meine Stimme klang, sind durch neue ersetzt, mancher Schauspieler, der meine Komödien spielte, lebt nicht mehr, und von meinen Filmstreifen, die danebengingen, nimmt heute kein Hund Notiz. Bleibt allein das Haus, das 1409 erbaut wurde und das ich zu neuem Leben erweckte, damit es wieder sechshundert Jahre, so Gott will, da oben am Berg steht und ins Tal hinuntersieht. Ich habe ihm neue Türen und Fensterstöcke gegeben, ein neues Dach und neue Fußböden, ich zog den dunkelbraunen, geschnitzten Balkon ums ganze Haus, damit Kitty Platz für die zweihundert Geranien hatte, die sie jedes Jahr eintopfte, rote Geranien, die stehenden und die hängenden, die sie so liebte. Ich habe um das Haus Bäume gepflanzt und Terrassen gebaut, um Notzeiten zu überbrükken, mir die Kartoffeln selbst zu setzen, die roten Möhren selbst zu säen, die Krautköpfe selbst gedeihen zu lassen und einen Bohnensegen zu ernten, als das Gemüse anfing, ungebührlich teuer zu werden. Ich hatte auch stets einen Kühlschrank des Glücks im Haus, für schlechte Zeiten, um immer eine Freude im Vorrat zu haben . . .«

Johannes, du hast uns etwas Unvergängliches hinterlassen: deine Geschichten, in denen sich Wahrheit und Phantasie zu einer neuen Wirklichkeit verdichteten, in der wir uns alle wiedererkennen können. Auch in den Erzählungen dieses Bandes, der die Reihe mit den Titeln »Wohin sind all die Jahre . . .« und »Wohin sind all die Tage . . .« fortsetzt, steckt deine liebenswerte Kunst, im Kleinen das Große zu sehen, und deine Fähigkeit, mit leichter Hand die Knoten aufzuziehen, die das Leben für uns alle immer wieder bereithält.

Du hast dir immer gewünscht, daß deine Bücher von Hand zu Hand gehen, du wolltest sie nicht hinter Glas stehen sehen, unberührt und dekorativ. Niemand von uns zweifelt daran, daß dir auch dieser Wunsch erfüllt wird, denn deine Geschichten tragen sich weiter wie Samen, den der Wind durch deinen Garten weht. Dein Garten blüht, lieber Johannes. Kitty hütet dein Haus, die Kinder helfen ihr, und das Lachen deiner Enkel erklingt so übermütig am Berg, wie du es dir immer gewünscht hast.

Du hast zeit deines Lebens gegen die Traurigkeit angeschrieben – mit großem Erfolg. Auch dafür haben wir dir zu danken.

Dein Schwiegersohn

Die Entscheidung

Ich bekam dieser Tage einen überraschenden Besuch.

»Störe ich?«

»Kommst du je in ein Haus, ohne zu stören?«

»Ich weiß, ich bin nicht gern gesehen«, sagte mein Besucher, »aber was bleibt mir übrig, als von selbst anzuklopfen und zu sagen: Es ist soweit! Einen von euch, entweder dich oder deine Frau, muß ich heute abholen – es liegt bei dir, die Entscheidung zu treffen.«

»Hör zu, Gevatter«, antwortete ich, »welcher Ehemann würde nicht sein Leben für seine Frau hingeben? Keiner stirbt gern, aber ich liebe meine Frau, sie hat noch so viel Freude am reichen Leben – wenn es also sein muß, nimm mich.«

»Du sprichst, ohne ernstlich nachgedacht zu haben«, sagte mein Besucher, Gevatter Tod, »so einfach ist die Entscheidung nicht. Wer stirbt, ist im Vorteil. Von ihm fallen alle irdischen Sorgen ab. Alles, was dich heute noch bedrückt, der Kampf um die Existenz, der Streit mit dem Nachbarn, das Abwehren der Gläubiger, die Angst vor dem Alter, ob der Notgroschen reichen wird, die Sorgen um die Zufriedenheit des Chefs und der Verdruß mit den Kollegen, ist für dich vorbei. Der Tote hat es immer gut. Er hört nicht die Stürme, die um sein Haus fegen, er sieht nicht die Wasser steigen, kein Brief kann ihm traurige Post bringen, ihn drückt kein Schuh, ihn schmerzt kein Zahn mehr, er kann endlich einmal ausruhen und sein Sorgenbündel zuschnüren und abseits stellen.«

»So magst du es sehen«, antwortete ich, »es ist dein Beruf, dem Menschen, den du abholst, tröstlich zu begegnen. Was mich betrifft, so war meine Hoffnung stets stärker als meine Angst. Wenn ich vor meiner Frau sterbe, so tue ich es ohne Vorteil, weil ich sie liebhabe und ihr die Freuden des irdischen Lebens erhalten will.«

Der Gevatter sah mich lange an. Es war etwas Gütiges in seinem Gesicht. »Gerade weil du deine Frau liebst, solltest du dir deine Entscheidung noch einmal überlegen. In einer guten Ehe, wie ihr sie geführt habt, dreißig Jahre, wo immer einer für den andern da war, wo es nichts gab, was nicht euer Gemeinsames war, wird der Zurückbleibende härter betroffen als der Davongegangene. Du glaubst es nicht? Denk darüber nach, wie das Leben deiner Frau aussehen wird. Ihr Herz ist gebrochen wie deines, nur, daß sie damit weiterleben muß, jetzt alle Sorgen, die ihr bisher gemeinsam getragen habt, allein auf ihren Schultern. Das Leben wird für sie hart und unbequem sein, wenn du ihr nicht mehr zur Seite stehst. Sie wird blind über jeden Stein stolpern, den du ihr nicht mehr aus dem Weg räumen kannst. Niemand ist da, ihre Tränen zu trocknen, die Erinnerungen werden sie quälen bei jedem Lied, auf jedem Spaziergang, selbst der Anblick deines Löffels wird sie verwunden, wenn sie für sich allein den Tisch deckt. Sie wird einsam sein, eure Freunde werden sich von ihr zurückziehen, denn wer mit einem Ehepaar befreundet war, weiß meist mit dem zurückgebliebenen Teil nichts mehr anzufangen. Man wird sich entschuldigen, vielleicht noch an Feiertagen gedankenlos ein frohes Fest wünschen. Deine Frau wird einsam daheim auf einem Stuhl sitzen, die Uhr wird ticken, sie wird immer auf die Uhr starren, aber da kommt keiner herein, nicht du und auch niemand, der nach dir fragt, so wie es früher war – sie wird still dasitzen, mit schmalen Lippen, und sich erinnern, was sie versäumt hat, dir Gutes zu tun, daß sie dir nicht ein einziges Mal gedankt hat, daß du sie zur Frau genommen hast und daß du ihr ein guter Mann warst, die nichtgesagten Worte der Liebe liegen jetzt in ihrem Herzen wie Steine, die ihr den Atem abschnüren und sie niederziehen, sie wird die Minuten, die sie dich warten ließ, verwünschen, denn jede Minute zählt jetzt wie tausend verlorene Minuten ... Ihr Verstand wird sich verwirren, sie wird mit dem Stuhl sprechen und mit dem Tisch, sie hat ja sonst niemand, dem sie ihr Herz ausschütten kann – später wird sie den Tag im Bett liegen bleiben, wozu soll sie aufstehen, es wartet ja keiner auf sie, es braucht sie ja niemand – sag, willst du sie wirklich dieser Not freiwillig überantworten?«

Ich faßte den Gevatter an der Hand. »Nein!« rief ich. »So soll sie nicht leben. Ich liebe sie mehr als mich selbst. Laß mich so elend leben und nimm sie mit in den Frieden des Sterbens. Sie schläft oben, sie war müde. Trag sie behutsam davon, ohne sie zu wecken. Sie soll erst ihre Augen wieder aufschlagen, wenn sie vor Gottes Herrlichkeit steht. Laß sie nicht früher erwachen, sie könnte sich kränken und nach mir fragen, ob ich allein ohne sie fertig werde.«

Der Gevatter nickte mir wie zum Versprechen zu, dann stand er auf und ging zur Treppe, die in den oberen Stock führte.

»Nein!« schrie ich auf. »Laß sie mir! Oder nimm mich! Ich könnte es nicht ertragen, ihre Stimme nicht mehr zu hören, ihre Schritte im Haus, das leise Klirren des Frühstücksgeschirrs, wenn sie am Morgen den Tisch deckt. Ich kann nicht allein am Tisch sitzen, ich kann nicht im Bett liegen, ohne neben mir ihren Atem zu hören. Was gäbe es noch für eine Freude in der Welt, wenn sie nicht daran teil hätte? Der Stuhl im Zimmer, auf dem sie saß, der Mantel am Haken, den sie trug, das Türschild selbst, das sie jeden Freitag putzte, jedes Hemd, das ich aus dem Schrank nähme und das noch von ihr gebügelt ist, jeder Strumpf von mir, den sie stopfte, selbst die Bank in der Kirche, auf der wir gemeinsam beteten – wie könnte ich diesen Anblick ertragen! Mein Verstand würde zerstört von dem

Gedanken, was ich versäumt habe, wie viele zärtliche Worte blieben ungesagt, wieviel Gutes ihr zuliebe ungetan, warum las ich die Zeitung, statt mit ihr zu plaudern und sie anzusehen, sie war doch schön, sie gefiel mir, nie habe ich es ihr in den letzten Jahren gesagt, warum sagte ich nie: danke schön, daß du da bist – danke schön, daß du mich zum Mann genommen hast – danke schön, daß ich dich so lieb behalten konnte wie am ersten Tag unserer Liebe? Ich habe mich nie für ihr Leben bedankt, das sie mir schenkte, nie für ihre Geduld, mit der sie meine Ungeduld entwaffnete, nie für den Blick, mit dem sie mich immer ansah, dieses Lächeln aus der Tiefe ihres Herzens. Jetzt weiß ich, daß das Wort ›meine Frau‹, das man ein Leben lang so dahin sagt, das schönste Wort ist, das die menschliche Sprache kennt – laß mich noch einmal zu ihr gehen, ehe du sie mir nimmst, gib mir noch drei Tage, eine Woche nur, um all das nachzuholen, was ich versäumte . . .«

Da trat der Gevatter von der Treppe, die nach oben führte, zurück und ging zur Tür, die ins Freie führte. »Ich habe soeben in meinem Buch entdeckt, daß ich mich in der Hausnummer geirrt habe«, sagte er. »Ihr zwei kommt erst ein paar Seiten später dran, wie ich lese . . . Nichts für ungut, Freund. Und nützt die Zeit bis dahin, denn wenn ich wiederkomme, kann ich euch keine drei Tage Zeit geben, nicht einmal drei Minuten, um das nachzuholen, was ihr in dreißig Jahren versäumt habt.«

Kalender der Liebe

Jedes Jahr, immer in diesen Tagen häufen sich die Kalender vor meiner Tür. Da gibt der Gaskassier seinen Kalender ab, der Milchhändler, die Zeitungsfrau, der Krämer, bei dem ich einkaufe, und der Krämer, bei dem ich nicht einkaufe. Mit der Post bekomme ich einen Drogistenkalender, einen Apothekerkalender, einen »Eßt mehr Fisch!«- und einen »Eßt weniger Fleisch!«-Kalender, einen Tierschutzkalender, einen Bausparkassenkalender, Sportkalender »Petriheil!« und »Weidmannsdank!«, »Gut Holz!«, »Flotte Fahrt!« und »Alle Neune!«, einen Kalender »Bedenke das Ende!« von der Lebensversicherung und einen Kalender »Jeden Tag einen Apfel für die Gesundheit!« vom Obstbauverein. Das Kaffeeversandgeschäft schickt mir einen Kalender, die Honigverwertung, der Weinhändler, das Radiogeschäft, eine Tankstelle, ein Buchhändler, der Friseur und das Städtische Hallenbad. Auf meinem Tisch liegen benachbart die Kalender der Reisebüros »Weite Welt« und »Enge Heimat«, »Neue Wohnung« und »Alte Möbel«, ein Freiheitskalender, ein Friedenskalender, ein Soldatenkalender, und alle haben Bilder und Sprüche und Sonnenaufgang und gute Ratschläge für Sommer, Herbst und Winter.

Voriges Jahr hing ich alle Kalender, die man mir zugeschickt hatte, in meinem Zimmer auf, 197 Stück an der Zahl, und jeden Morgen der 365 Tage riß ich bei allen das oberste Blatt ab, denn ich bin ein ordentlicher Mensch und wollte unter dem genauen Datum leben. 365 Tage täglich 197 Blätter abreißen ist eine beachtliche Leistung, mit diesen 71 905 Handgriffen im Jahr kann man ein kleines Haus bauen oder wenigstens einen Stall für den Esel.

Als ich heute früh meine Kalender zählte, die man mir für das neue Jahr zugedacht hatte, waren es genau 322 Stück. Ich habe also für fast jeden Tag einen eigenen Kalender. Ich überlegte mir nun, ob ich nicht einfach statt eines neuen Blattes jeden Tag einen neuen Kalender aufhängen sollte, was ja auch nicht mehr Mühe gemacht hätte. Da brachte mir der Briefträger zum Glück von meinem Zigarrenhändler als Neujahrsgeschenk ein Feuerzeug. Da ging ich hin und zündete kurzentschlossen die 322 Kalender an.

Auf meinem Schreibtisch steht nun dieses Jahr nur ein kleiner Kalender der Liebe. Ich bekam ihn vor Jahren. Ein paar Blätter fehlen daraus, es sind die Tage, in denen wir uns gestritten haben.

Aber auf vielen Blättern steht etwas geschrieben. »Erinnerst du dich? Heute war es –« oder: »Vergiß den neunten Mai nicht!« und: »Würzburg. Der Jasmin blühte.« Dazwischen oft nur ein Wort. »Unendlich!« und: »Überglücklich!« Einmal auch: »Du warst gut zu mir! Ich danke dir!« Ich werde mich heuer oft im Datum irren, denn ich habe nur diesen kleinen Kalender der Liebe. In der Liebe aber gibt es keine genauen Daten, da werden die Tage der Sehnsucht zu Wochen und die Wochen des Glücks zu Tagen, außerdem hat die Woche sieben Sonntage. Verzeiht mir darum, wenn ich es dieses Jahr nicht allzu genau nehme . . .

Ehetips für Ehefrauen

Sage nie deinem Mann, auch wenn du im Augenblick noch so verzweifelt bist, daß deine Ehe unglücklich ist. Es gibt keine unglücklichen Ehen. Man zerredet sich nur allzu oft das Glück. Sonst ist der Mann auf und davon, ehe du dich's versiehst.

Wenn du dringend einen neuen Mantel brauchst, so sage stets, der alte tut's noch ein paar Jahre. Dann wird dir dein Mann von selbst einen neuen Mantel kaufen. Er kommt sich dabei als guter und aufmerksamer Ehemann vor. Bestehst du aber auf einem neuen Mantel, wird er bockig. Was ein Mann dir von sich aus schenkt, spürt er nicht – was er kaufen muß, weil du es brauchst, zerschlägt ihm die gute Laune für eine Woche.

Du freust dich, wenn dein Mann dir etwas Nettes sagt. Auch ein Ehemann hört es gern von Zeit zu Zeit, daß er gut aussieht, daß er jung geblieben ist, daß du mit ihm glücklich bist wie am ersten Tag, daß alle deine Freundinnen dich um ihn beneiden, du darfst sogar seine Ritterlichkeit loben – Ehemänner glauben, was sie hören, und bemühen sich dann, so zu sein, wie man sie schildert.

Es gibt viele Ehemänner, die zwei linke Hände haben, wenn es gilt, daheim einen Nagel einzuschlagen. Lobe trotzdem begeistert seine Kunst, auch wenn der Nagel krumm und schief in der Wand sitzt. Einen Nagel in die Wand zu schlagen wird stets von einem Ehemann als seiner Bedeutung unwürdig empfunden, weil das jedes Kind kann. Jedes Kind kann es, nur der Ehemann kann es meist nicht.

Schreib deinem Mann öfter einen Brief, auch wenn du ihn täglich siehst. Wenn er unterwegs ein paar Liebeszeilen von dir in seiner Tasche findet, und wenn es auch nur wenige Worte der Zärtlichkeit sind, es erheitert sein Herz, und er freut sich auf dich und sein Heimkommen.

Wenn du dich mit deinem Mann streitest, so habe getrost das letzte Wort, aber verbinde das letzte Wort mit einem Kuß und lege deine Arme um seinen Hals. Den Mann möchte ich sehen, der dann noch auf seinem Recht besteht, wenn ihn eine Frau so seines Unrechtes überführt.

Bitte deinen Mann nie, wenn er dir Rosen schenkt, um Nelken. Wenn Männer Blumen schenken, schenken sie am liebsten Rosen und bedenken nicht, daß Nelken länger halten. Am schlimmsten aber wird es, wenn die praktische Ehefrau sich Blumen im Topf wünscht. Wenn ein Mann einen Blumentopf heimbringt, kommt er sich gar zu sehr als Ehemann vor. Bringt er aber Rosen, so fühlt er sich auch noch nach dreißigjähriger Ehe als Liebhaber. Verdirb ihm nicht diese Freude!

Wenn dich dein Mann um etwas bittet, vergiß es nicht. Ein Ehemann macht gern eine Staatsaktion aus einem Knopf am Hemd, den du nicht angenäht hast, aus einem Strumpf, den du nicht gestopft, aus einem Bier, das du nicht besorgt hast. Wenn er seinen Knopf an der grauen Hose mit weißem Zwirn angenäht haben will, während du schwarzen für richtiger hältst, nähe mit weiß. Auch mit rot oder grün, wenn er es unbedingt will. Ehemänner sind in kleinen Dingen wie die Kinder, bei wirklichen Entscheidungen aber lassen sie sich leicht lenken.

Bedenke stets, daß dein Mann dich aus Liebe geheiratet hat, auch wenn er es manchmal vergessen zu haben scheint. Hab darum keine Angst vor dem Älterwerden, vor den ersten Falten und dem ersten grauen Haar. Ein Ehemann sieht seine Frau ein ganzes Leben lang so, wie er sie kennenlernte. Mit den Augen der Liebe altert eine Frau nicht, er findet sie mit fünfzig genau so schön und seit ihrem achtzehnten Lebensjahr nicht um einen Tag gealtert. Darauf gebe ich euch Brief und Siegel, wenn ihr euch liebt.

Seufzer eines Ehemannes

Da hatte einmal ein Mann, um seiner Frau, die verreist war, eine Freude zu machen, das Schlafzimmer neu tapezieren lassen. Er hatte nachgedacht, womit er ihr beim Heimkommen eine freudige Überraschung bereiten könnte, etwas, woran sie erkennen sollte, wie lieb er sie hatte, einen Ausdruck seiner Freude, sie wieder nach den Wochen der Trennung bei sich zu haben. Er hatte mit viel Liebe und Bedacht eine besonders schöne Tapete ausgesucht und sich bei der Auswahl vorgestellt, welche der Tapeten seiner Frau wohl am besten gefiele. Diese nahm er, unterzog sich der Unruhe der Handwerker in der Wohnung, und als das Zimmer fertig war, hatte er selbst seine große Freude daran, wie hübsch jetzt alles aussah, was seine Frau wohl für Augen machen und was sie zu der neuen Tapete sagen würde.

Die Frau sah die Tapete, jubelte auf, umarmte ihren Mann, gab ihm einen Dankeskuß und sagte: »Aber –«

Dieses »Aber –« bedeutete, daß sie nicht ganz zufrieden war, daß vielleicht ein anderer Farbton besser gewesen wäre, Hellblau beispielsweise statt Silber im Grund, daß Streifen statt der gewählten zarten Punkte das Zimmer hätten höher erscheinen lassen und daß die obere Abschlußkante getrost einen Zentimeter hätte tiefer sitzen können. Sie war glücklich über die neue Tapete und den Beweis seiner Liebe, aber sie mußte einfach das Wort »Aber –« sagen. Alle Frauen sagen: »Aber –« Sie können einfach ohne das Wort nicht leben, sie hätten es auch gesagt, wenn die Tapete hellblau und gestreift gewesen wäre, sie können nicht aus ihrer Haut, sie müssen einfach mit ihrem »Aber –« dem Mann jede Suppe der Freude versalzen.

Es ist nicht immer nur die Tapete, es ist der Freund, den wir uns wählen, es ist die Art, wie wir autofahren, es ist der Urlaubsort, den wir vorschlagen, es sind die Handschuhe, die wir schenken, es ist der Brief, wie wir ihn schreiben, es ist die Art, wie wir einen nachbarlichen Streit beilegen, es ist unsere Arbeit, bei der wir unser Bestes tun. Wenn wir dann stolz den Erfolg heimtragen und vorweisen, dämpft das große »Aber –« der Ehefrau unsere Freude.

Das große »Aber –« muß nicht immer ausgesprochen sein. Es genügt, wenn das »Ja« zu unseren Taten zögernd über ihre Lippen kommt, wenn die Augen nicht aufleuchten, wenn das Lächeln ein wenig schief in ihrem Gesicht sitzt oder wenn nach dem Dankeskuß »Du bist doch der Beste von allen!« hinterher ein Schweigen einsetzt und eine Gereiztheit durch die Räume streicht. Wir Ehemänner mit der dicken Haut kennen das alle und haben das große »Aber –«, das hinter dem »Ja« liegt, längst einkalkuliert in unsere Lebensfreude – aber manchmal grübeln wir darüber nach, wann das Wort in unserem Zusammenleben entstanden ist. Damals, als wir das junge Mädchen fragten, ob es unsere Frau werden will, ob wir sie ein Leben lang ernähren, kleiden, beschützen und verwöhnen durften, da war kein »Aber –« in ihrer Stimme. Heute jedoch ist das Wort von ihr nicht mehr wegzudenken. Bringen wir Rosen, so würden Nelken in der Vase länger halten, wählen wir rote Nelken, aus heiterem Himmel, nur um unserer geliebten Frau eine Freude zu machen, indem wir Blumen heimbringen, so sagt sie: »Wie du mich immer verwöhnst, Johannes! Aber hatten sie in dem Laden keine rosafarbenen?« – ach, ich könnte als geprüfter Ehemann diese Reihe noch lange fortsetzen, das Papier ginge mir früher aus als die Beispiele, doch traue ich mich nicht recht. Denn ich fürchte, meine Frau könnte ihre Gegenrechnung aufmachen, und die wäre noch viel länger als die meine, und sie würde wahrscheinlich abermals mit dem großen »Aber –« enden: »Ich habe mir meine Ehe mit dir ganz anders vorgestellt, du bist ein rechthaberischer Tyrann, ein echter Egoist – aber ich liebe dich und kann ohne dich nicht leben . . .«

Der Faschingsball war ausverkauft

Horst ging zur Schneiderin. Er wollte am Heimweg das Faschingskostüm für Gisela abholen. Die Schneiderin war nicht da. Sie war in die Berge gefahren. Es gibt solche Schneiderinnen.

Nach langem Läuten öffnete ihm eine alte Putzfrau. Nein, Frau Grauert, die Schneiderin, sei nicht daheim. Sie habe von heute auf morgen Ferien gemacht. Sie habe nicht Lust, sich zum Krüppel zu arbeiten, habe sie gesagt, Nadel und Faden hingeworfen und heidi, ab in die Berge. Nadel und Faden lagen noch da, genau auf dem für ein Faschingskostüm zugeschnittenen Stoff seiner lieben Frau. Er kannte das Muster und die Farbe. Und Gisela wollte es heute abend auf den Ball der Bälle anziehen, das große Faschingsfest der Stadt, wo alles da sein wird, was Rang und Namen hat. Wie ein Kind hatte sich Gisela auf diesen Ball gefreut.

»Die Dame, der der Stoff gehört, war auch schon hier«, sagte die Putzfrau.

»Meine Frau?«

»Ja. Vor einer Stunde.«

»Wie nahm sie es auf?«

»Sie spuckte beim Weggehen gegen das Türschild: ›Prompte Lieferung innerhalb von 24 Stunden!‹«

Horst wunderte sich. So kannte er seine Frau gar nicht.

Beim Heimgehen zerknitterte er wütend die teuren Ballkarten in seiner Rocktasche. Sie waren schwer genug zu bekommen gewesen. Er hatte viele Tage, Taxen, Taler und Telefongespräche dafür aufwenden müssen. Umsonst! Das Kostüm war nicht fertig. Wie würde sich Gisela kränken, ärgern, weinen, weil sie den Stoff zu spät hingetragen hatte! Und da Horst seine Gisela über alles liebte, sann er nach, wie er ihre Verzweiflung mildern könnte. Er wird die Schuld auf sich nehmen. Er wird sagen, er habe keine Karten bekommen. Er habe es zuerst vergessen, und dann war er zu langsam. Dann würde sich ihr Zorn gegen ihn entfalten, und ein Zorn gegen den anderen ist leichter zu ertragen als die ohnmächtige Wut gegen sich selbst.

»Gisela«, sagte er darum beim Heimkommen kleinlaut und geknickt, »schilt mich nicht zu arg – ich komme mit leeren Händen.«

»Was heißt das?«

»Ich habe keine Karten für den Ball der Bälle bekommen.«

»Du scherzest?«

»Es ist die traurige Wahrheit, Liebste. Verzeih, wenn du kannst! Zuerst hatte ich es vergessen, und dann war ich zu langsam. Ich war heute bei Pontius und Pilatus, alle Karten sind ausverkauft, jeder Tisch ist vorbestellt.«

Er erwartete einen Wutausbruch. Wenigstens einen Aufschrei. Aber nichts davon geschah.

Gisela sagte sanft: »Kränk dich nicht, Horst! Mein Kostüm ist auch nicht fertig geworden. Ich hätte sowieso nicht hingehen können.«

»Du bist mir nicht böse, Gisela?«

»Ich bin geradezu froh darüber«, sagte Gisela. »Stell dir vor, du hättest mit Mühe die teuren Karten beschafft, und ich müßte dir jetzt sagen: Ich kann nicht mitgehen, weil mein Kostüm nicht fertig ist. Das wäre doch viel schlimmer gewesen.«

Horst schloß seine Frau glücklich in die Arme: »Was bist du doch für ein prächtiger Mensch! Jetzt erst fühle ich mich erleichtert.«

Gisela nickte: »Erleichtere dich weiter und zieh deinen Rock aus. Wir machen es uns daheim gemütlich.«

Horst ging in das Schlafzimmer, seine Hausschuhe zu

holen. Die Tür des Kleiderschrankes stand offen. Er traute seinen Augen nicht. Im Schrank, über einem Bügel, fix und fertig zum Hineinschlüpfen, hing Giselas Faschingskostüm. Ihm blieb der Verstand stehen.

Inzwischen räumte im Wohnzimmer nach altem Brauch Gisela ihrem Mann die Taschen aus. Sie erfaßte ein starres Papierknäuel. Als sie es neugierig auseinanderfaltete, erstarrte sie ebenfalls. »Horst!« rief sie. »Horst!«

»Ja«, rief er hinüber, »was gibt's?«

»Du hast ja die Karten!«

»Ja«, rief Horst, »du hast ja auch das Kostüm!«

Gisela kam selig ins Zimmer gelaufen. »Das habe ich schon seit gestern! Aber als du sagtest, du hättest keine Karten bekommen ... Ich liebe dich doch, ich wollte doch nicht, daß du glaubst, du hast mir eine Freude verdorben ...«

»Und ich wollte wieder ...«

Das Eheleben kann oft recht vergnüglich sein. Vor allem, wenn man so glücklich ist, wie es jetzt Horst und Gisela waren, als sie sich lachend für den Ball zurechtmachten.

Während Horst in die Lackschuhe schlüpfte, richtete er sich plötzlich auf: »Wieso eigentlich? Wieso ist dein Kostüm fertig? Ich habe es doch vor einer Stunde erst halb zugeschnitten bei deiner Schneiderin gesehen, und die Schneiderin war über alle Berge.«

Gisela küßte ihren Mann auf die Nasenspitze: »Sie ist ein Juwel! Das war ein anderer Stoff. Als nämlich eine zweite Kundin zu ihr mit dem gleichen Stoff kam wie der meine und dasselbe Modell verlangte, wie ich es trage, hat sie einfach ja gesagt, den Stoff dabehalten und ist in die Berge gefahren. Sie hat es einfach nicht über das Herz gebracht, dasselbe Kostüm für den gleichen Ball zweimal zu nähen.«

Horst sah seine Frau bewundernd an: »Woher hast du

nur so ein Kleinod von einer unübertrefflichen, verständnisvollen Schneiderin bekommen?«

Gisela sagte glücklich: »Von der gleichen Stelle, die mir so ein Kleinod von einem unübertrefflichen, verständnisvollen Ehemann geschenkt hat. Direkt vom Himmel.«

Fasching

Acht oder neun Jahre sind vergangen seit jenem Tag im Fasching, als ich draußen in der Vorstadt die Leimgasse hinunterging bis zu jenem Haus, das über einem breiten Torbogen die Nr. 16 trug. Vorbei an den Stiegen 1 und 2 schritt ich im Hof auf das kleine Gartenhaus mit den rotvergitterten, efeuumrankten Fenstern zu, in dem ein Freund von mir lebte. Er war Junggeselle, zweiundvierzig Jahre alt, ein Ingenieur, der daheim seinem Auftrag nachging, statische Berechnungen für das Stadtbauamt zu machen. Jeden Freitag kam ein Bote, holte das fertige Material und brachte ihm neue Unterlagen.

Ich läutete an der verschlossenen Tür.

Schritte näherten sich von innen. »Wer ist draußen?«

»Ein Freund.«

»Johannes?«

»Ja«, sagte ich.

Da ging die Tür langsam auf, und Herbert Sauters im Morgenrock, den Kragen bis über das Kinn hochgeschlagen, und mit einer tief in die Stirn gezogenen Baskenmütze bat mich einzutreten.

Ich machte sogleich meinen Vorschlag, um dessentwillen ich hergekommen war, stieß aber auf so heftigen Widerstand, daß ich schon meinen Vorsatz bereute. Andererseits war es mir aber nur in den Tagen des Faschings möglich, meinen Freund seiner selbstgewählten Einsamkeit zu entreißen. »Ich habe uns schon zwei Kostüme für ein Gschnasfest in den Sophiensälen besorgt«, sagte ich, »wir gehen als rote Teufel, über das Gesicht ziehen wir eine schwarze Maske, keiner wird uns erkennen.«

»Ich werde dich nicht begleiten«, widersprach Sauters.

»Abgesehen von meinem Zustand, finde ich die Tage des Karnevals, die vielleicht in früheren Zeiten einmal ihre Berechtigung hatten, heute wider allen Sinn und gegen jede Vernunft. Auch bin ich viel zu schwerfällig für eine Maskerade geworden, ich habe seit Jahren nicht mehr getanzt, es würde mir schwer fallen, wenn ich es überhaupt fertig brächte, mit einem jungen Mädchen zu scherzen. Und nur im Saal herumzusitzen und dem bunten Treiben zuzuschauen, ohne Schmerz zu empfinden, nicht daran teilnehmen zu können ...«

»Wir werden früh hingehen«, sagte ich, »und kurz vor Mitternacht, vor der Demaskierung, werden wir zwei plötzlich verschwinden. Du brauchst das von Zeit zu Zeit. Wenn du dich weiter so in deine Einsamkeit vergräbst, wird dein Leben bitterer, als es sein muß.«

Ich brauchte lange Zeit und alle meine Überredungskunst, ehe ich Sauters so weit hatte, daß er nachgab und mir versprach, morgen abend bereit zu sein, wenn ich ihn daheim zu dem Gschnasfest abholte. Das Kostüm würde ich ihm schon heute abend schicken.

Laßt mich meine Enttäuschung vergessen, daß er mir, als ich am nächsten Abend bei ihm vorfuhr, die Tür des Gartenhauses nicht öffnete, sondern mir von innen erklärte, daß er nicht daran denke mitzukommen, unter keinen Umständen, ich möge von seiner Tür weggehen und ihn nicht weiter mit meinen Aufdringlichkeiten belästigen. Wenn ich Sauters nicht seit Jahren in aufrichtiger Freundschaft und mit einem Mitgefühl, das sich manchmal bis zum Schmerz steigerte, verbunden gewesen wäre, hätte ich seinen Rat befolgt. So aber lag mir sehr am Herzen, ihn wieder einmal unter Menschen zu führen. Ich bestand darauf, daß er mich wenigstens einlasse. Ich sagte ihm durch die Tür zu, daß ich ihn nicht weiter überreden wolle, ich würde selbst auf das Fest verzichten und bei ihm bleiben, er möge mir also öffnen. Er tat es, und ich war völlig überrascht, als ich ihn, der soeben noch heftig mit mir gestritten hatte, im bunten Maskenkostüm vor mir sah. Er hatte das rote Teufelskostüm bereits angezogen, die schwarze Maske vor sein Gesicht gebunden, er war also offensichtlich bereit gewesen mitzukommen, und erst in letzter Minute ... Jetzt war es für mich nicht mehr schwer, ihn nochmals zu überreden, wenigstens mit mir in die Sophiensäle zu fahren. Ich mußte ihm versprechen, mich dort keine Minute von ihm zu trennen und jederzeit mit ihm wegzugehen, wenn er mich darum bitten würde.

Auf dem Ball lernten wir schon in den ersten zehn Minuten ein junges Mädchen kennen, das ohne Freundin dort war und unsere Einladung, sich zu uns zu setzen, ohne Zögern annahm. Sie schien von unserer Einladung ebenso überrascht zu sein wie wir von ihrer schnellen Zusage. Sie war ein wenig einsilbig am Anfang unserer Bekanntschaft, es stellte sich heraus, daß sie fremd in dieser Stadt war und aus Zürich stammte. Sie trug das Kostüm einer Schäferin, das vielleicht ein wenig zu streng war für die Anforderungen turbulenter Faschingstage.

Marianne – so hieß das junge Mädchen aus der Schweiz – war schon ein paar Jahre über die Zwanzig hinaus, aber man konnte sie ihr nicht nachzählen. Sie war eine jener seltenen, beglückenden Ausnahmen, die selbst mit vierzig noch wie neunzehn aussehen. Ich selbst verliebte mich sofort in sie und tat alles, ihr Wohlgefallen zu erregen. Mein Freund Sauters saß neben uns, sah sie immer nur unverwandt an und sprach fast nichts. Ich redete dafür um so mehr, und mir fielen in meinem Verliebtsein so viele zärtliche Dummheiten ein, daß ich sie damit überschüttete und mit meinen Worten einzufangen versuchte wie ein Schmetterlingsjäger einen schönen Falter mit dem Netz. Ich war meiner Sache schon sehr sicher und darum völlig überrascht, als ich sie zum Tanz aufforderte und sie antwortete: »Darf ich den ersten Tanz mit ihm tanzen?« Sie deutete dabei auf Sauters, der sich sogleich erhob.

Was blieb mir übrig? Eigentlich war ich ja nur um Sauters' willen hierhergegangen, was ich bereits vergessen hatte. Jetzt, wo sie seinen Arm nahm, beinahe zärtlicher, als mir lieb war, tröstete ich mich damit, daß wenigstens mein gutes Vorhaben seinen Zweck erreicht hatte. Ich würde ja später noch genug Gelegenheit finden, ihre Liebe zu gewinnen. Daran zweifelte ich keine Minute.

Ich fand die Gelegenheit nicht. Ich wartete an unserem Tisch auf das Wiederkommen der beiden, zunächst in heiterer Gelassenheit, daß mir mein Plan mit Sauters geglückt war. Ich wartete wohl über eine gute halbe Stunde, dann aber machte ich mich mit wachsender Unruhe, die mehr Sauters galt als dem jungen Mädchen, auf den Weg, die beiden zu suchen. Ich fand sie nicht. Die Sophiensäle waren überfüllt. Das fröhliche Maskentreiben hatte in dieser letzten Stunde vor Mitternacht seinen Höhepunkt gefunden, von Saal zu Saal zogen Ketten lustiger Menschen, sie hielten sich an den Händen, schwangen wie ein Band durch die Kreise der Tanzenden, Polonaisen im kleinen, oft ein wenig zu übermütig, alles mitreißend, was ihnen im Weg stand. Oft gab es eine Stauung fröhlicher Mengen, die in den großen Saal wollten und von einer ebenso übermütigen Masse, die aus dem großen Saal kam, zurückgedrängt wurden. Es war für mich schwer vorwärtszukommen, ich lief über eine Stunde herum, ohne Sauters zu finden. Meine Unruhe wurde von Minute zu Minute größer. Ich suchte schon gar nicht mehr das junge Mädchen, sie war mir in dieser Angst, in der ich mich befand, völlig gleichgültig geworden. Es ging für mich nur noch um Sauters, den ich um jeden Preis finden mußte, ehe es Mitternacht schlug und die große Demaskierung begann.

Meine Armbanduhr zeigte fünf Minuten vor zwölf, als ich endlich Sauters erblickte. Er stand überraschend vor mir, wiegte sich im Tanz, Marianne lag glückstrahlend in seinen Armen, ihre Augen leuchteten mit einem Glanz, wie ich ihn selten in den Augen eines Mädchens gesehen hatte.

Ich griff nach Sauters' Arm. »Komm!« sagte ich. »Wir müssen gehen!«

»Ich bleibe.«

»Es ist fünf vor zwölf!« sagte ich eindringlich. »Wir haben keine Zeit mehr.«

»Vergiß es!« sagte er, legte den Arm fester um sein Mädchen und entzog sich meinem Griff.

Ehe ich dazu kam, ihm nachzueilen und ihn notfalls mit Gewalt mit mir wegzuziehen, hatten sich andere Paare zwischen uns geschoben. »Die Demaskierung!« rief ich ihm verzweifelt nach.

Er hob die Hand und winkte mir von weitem zu.

Ich werde das Winken seiner Hand nie vergessen. Ich lief zur Garderobe, holte Hut und Mantel und eilte, viele Straßenbreiten zwischen mich und die Sophiensäle zu bringen, um nicht den entsetzlichen Schrei hören zu müssen.

Ich kannte Sauters seit mehr als zehn Jahren, seit jenem Tag, als wir in England eine neue Raffinerie besichtigten und plötzlich ein Kessel explodierte. Ich war neben ihm gestanden und wie durch ein Wunder unversehrt davongekommen. Er aber hatte die Kunst vieler Ärzte gebraucht, es dauerte Monate, bis man ihn aus dem Krankenhaus entließ. Und auch dann noch war sein Gesicht fürchterlich entstellt durch tiefe, feuerrote Narben auf der Stirn. Seitdem verbarg er sich vor den Augen aller und lebte in der Einsamkeit des Gartenhauses. Was würde geschehen, wenn jetzt in den Sophiensälen alle lachend ihre Masken abstreiften und er der einzige blieb, der es nicht vermochte? Wenn vielleicht einer im Übermut ihm die Maske vom Gesicht zog als Scherz einer späten Faschingsstunde?

Ich hörte nichts von Sauters, denn am Morgen nach dem

Ball mußte ich überraschend verreisen, ein Auftrag rief mich nach Rom und hielt mich dort ein halbes Jahr fest. Als ich in unsere Stadt zurückkehrte und vom Flughafen in mein Hotel fuhr, ließ ich plötzlich den Wagen stoppen. Ich hatte am Gehsteig einen Menschen von hinten erblickt, der kein anderer sein konnte als Sauters. Ich sprang aus dem Wagen und lief hinüber zu ihm. »Sauters!« rief ich.

Er drehte sich um und sah mich an. Sein Gesicht war ohne Verhüllung. Es hatte nichts Schreckenerregendes mehr. Wohl waren die alten Narben noch zu sehen, aber aus seinen Augen strahlte so viel Glück, daß dadurch die Narben verschwanden. Sein Mund formte sich zu einem Lachen, wie ich es seit damals nie bei ihm gesehen hatte. Er sah wieder ganz natürlich aus, mein alter Freund. »Erkennst du unser junges Mädchen aus Zürich nicht mehr?« sagte er, und da erst merkte ich, daß er nicht allein war, was ich in der ersten Aufregung des Wiedersehens übersehen hatte. »Wir haben uns seit jenem Abend nicht mehr getrennt. Sie ist jetzt meine Frau, wir haben vor einem Vierteljahr geheiratet.«

Da erkannte ich, daß die Liebe alle Narben verschwinden läßt, und ich beugte mich im Herzen tief vor der Gnade Gottes, der sich nicht scheut, zur Faschingszeit mitunter auch einen Engel vom Himmel herunterzuschicken.

Was ziehe ich an, Theodor?

Im letzten Fasching ging Adele als Marthe Schwertlein. Ein Maskenbildner hatte es ihr geraten. Seitdem sprach Adele kein Wort mehr mit dem Maskenbildner und wollte auch generell von Goethe nichts mehr wissen.

»Aber dieses Jahr, Theodor!«

»Ja, mein Gutes?«

»Dieses Jahr gehe ich bacchanalisch!«

»Bacchus ist ein Gott des Weines.«

»Aber um ihn herum sind die Heben. Ich gehe als Hebe.«

»Hebe dich hinweg von mir!«

Adele war sofort pikiert. »Du scheinst nicht zu wissen, was eine Hebe ist!« sagte sie spitz.

Theodor wußte es. Er hatte den großen Brockhaus. »Hebe, die Tochter des Zeus, auch Ganymeda genannt«, las er vor, »in der klassischen Kunst erscheint sie meist als anmutiges und züchtiges Mädchen, aus emporgehaltener Kanne Nektar einschenkend, siehe Tafel Bildhauerkunst.«

Adele fand das unpraktisch. Sie ließ ihre Wünsche schweifen. »Was rätst du mir, Theodor?«

»Guter Rat ist teuer.«

»Abgesehen jetzt vom Preis – in welchen Typ würdest du dich verlieben, Theodor?«

»In dich, Adele, in wen sonst?«

»Ich meine, wenn du mich nicht hättest?«

»Mein liebes Kind, ein Mann in meinen gesetzten Jahren –«

»Wenn du ein junger Mann wärst?«

»Und du kämst daher?«

»Ja. Wie damals.«

»Du sahst damals aus, Adele – zum Anbeißen!«

»Ich habe mich seitdem nicht sonderlich verändert. Oder?«

Theodor beeilte sich, überzeugt zu versichern: »Gewiß nicht. Du hast deine Figur behalten. Sogar verdoppelt hast du sie!«

Adele zuckte zusammen. »Du weißt also, wie immer, keinen Rat?«

»Laß mich überlegen –«

»Denk schneller!«

»Geh als Semiramis!«

»Die mit den hängenden Gärten?«

»Sie schlug die Perser!«

Adele verstand den Wink. Sie deutete zu Boden. »Unsere Teppiche sind erst vorige Woche gründlich geklopft worden! Immer deine billigen Witze! Sag, willst du nicht nachdenken, oder kannst du nicht?«

Das Ehebarometer stand auf Sturm. Theodor dachte ernstlich nach. »Geh als Engel!«

»Da stören die Flügel –«

»Geh als Schlange!«

»Dazu bin ich zu füllig!«

»Du kannst ja als Schlange gehen, die gerade ein Kalb verschluckt hat!«

»Sonst weißt du nichts?«

Theodor zog den Kopf ein. »Verzeih, Adele, nein –«

Adele ging zur Schneiderin. »Was raten Sie mir?«

»Ich hätte zufällig ein Kostüm da – keine dreißig Zentimeter Stoff – dreihundert Mark – eine Okkasion –«

Adele probierte das Kostüm an. Trat zum Spiegel. Wiegte und wogte abwägend hin und her. »Ich weiß nicht recht«, sagte sie zögernd.

»Wenn ich Cupido wäre – Ihr Anblick, Madame –«

»Es macht ein wenig zu dick –«

»Die sieben guten Jahre –«

»Trotzdem –«

»Man trägt wieder Büste, Madame.«

Adele warf einen letzten Blick auf ihr Spiegelbild. »Schade«, dachte sie, »zu spät.«

Theodor stand in der Tür, als Adele heimkam.

»Hast du nachgedacht, Theodor?«

»Ich habe.«

»Als was ich im Fasching gehen soll?«

»Ja.«

»Als was?«

»Als Großmama.«

Adele stand starr. »Was ficht dich an?«

Theodor lächelte glücklich. »Vor fünf Minuten war unser Schwiegersohn da und berichtete das fröhliche Ereignis.«

Wir telefonieren weniger

Wir haben begonnen, wieder Briefe zu schreiben. Wir telefonieren weniger. Manche haben sich entschlossen, ihren Telefonanschluß ganz aufzugeben, nachdem sie die Bedeutung eines Briefes gegen das Federgewicht eines Telefonanrufes erkannt haben.

Marianne K., achtzehn Jahre, Krefeld, schreibt uns:

»Joachim ist dazu übergegangen, mir Briefe zu schreiben. Früher telefonierte er mich immer nur kurz an. ›Heute abend acht Uhr vor dem Illusionsbunker. Küßchen!‹ lautete der Anruf oder auch: ›Morgen Cocktailparty bei Baumüllers. Wir machen ein Faß auf. Zieh das Blaue an!‹ Und wenn wir zum Wochenende verreisen wollten, rief er am Freitag kurz an: ›Wenn du Lust hast, fahren wir übers Wochenende ins Gebirge. Deine Alten brauchen nichts davon zu wissen. Ciao!‹

Heute schreibt er mir Briefe. Sie klingen ganz anders. ›Liebste Marianne!‹ schrieb er mir neulich. ›Ich habe große Sehnsucht nach Dir, und immer wieder, ob ich will oder nicht, muß ich an Dich denken. Ich habe mich bei Dir noch nicht genug bedankt, wie zauberhaft Du auf unserer letzten Party bei Baumüllers ausgesehen hast, in Deinem blauen Kleid, das ich so liebe, weil ich Dich darin vor drei Monaten kennengelernt habe. Erinnerst Du Dich noch, wie wir hinterher am Flußufer auf der Bank gesessen sind und es zu regnen begann und Du zu mir sagtest: ‚Ich spüre gar nicht, daß es regnet, Herr Flemming', und als ich Dir meine Jacke überhing, damit Dein blaues Kleid nicht naß wurde, sagtest Du: ‚Ich danke Dir, Joachim!' Ich habe nun eine große Bitte. Ich möchte gar zu gern mit Dir das

Wochenende verleben, denn seitdem ich Dich kenne, ist ein Sonntag kein Sonntag für mich, wenn Du nicht bei mir bist. Wirst Du daheim eine Ausrede finden, daß wir schon Samstag wegfahren können? Wir werden zelten und uns selber kochen. Ich habe uns einen Spirituskocher gekauft, und meine alte Nuckelpinne, über die Du die Nase rümpftest, wirst Du nicht wiedererkennen. Ich habe sie gewaschen und poliert, und auf Deinem Sitz liegt jetzt eine neue Decke, damit Du nicht wieder auf der rostigen Feder sitzen mußt. Eine Blumenvase habe ich auch vor Deinem Platz anbringen lassen, weil Du es schick findest. Du siehst daraus, wie viel mir an Dir liegt und daß ich nie ein anderes Mädchen anschauen werde und daß der Name Marianne für mich der schönste aller Mädchennamen ist und daß ich bei jedem Schlager, den ich höre, den Namen Marianne mitsinge. Dein, Dein, Dein Joachim.‹«

Das Elternpaar Ferdinand Kleinmann, neunundfünfzig Jahre, und Ernestine Kleinmann, zweiundfünfzig Jahre, Harthausen, Schloßberg 72, berichtet uns:

»Wir haben unseren Telefonanschluß aufgegeben. Wir sind alte Leute, und die wenigen Telefongespräche, die wir noch führen, sind die, wenn unsere verheirateten Kinder von auswärts nach sieben Uhr anrufen: ›Wir können Sonntag leider nicht zu Euch kommen, auch nächstes Wochenende nicht. Werner hat ein Tennisturnier, und übernächsten Sonntag müssen wir zu Aiga fahren, die ihren Geburtstag feiert. Auch am darauffolgenden Sonntag können wir nicht kommen, weil da das dreijährige Jubiläum vom Kegelverein ist. Wenn es Euch möglich ist, schickt uns die Äpfel aus dem Garten mit der Bahn, und von den Birnen am Haus hätten wir auch gern eine kleine Kiste.‹

So ähnlich, nur wenig verändert, waren alle Telefongespräche. Seitdem wir kein Telefon mehr haben, schreiben uns die Kinder öfter einen Brief. Wir sind immer sehr aufgeregt, wenn wir einen Brief von unseren Kindern bekommen. Ich darf ihn nicht öffnen, bevor Mutter nicht im Zimmer ist. Sie wäscht sich immer erst die Hände, wenn sie aus der Küche hereinkommt, ich hole meine Brille hervor, Mutter schaut mir über die Schultern, und dann lesen wir uns den Brief vor.

›Meine lieben guten Eltern!‹ schreibt uns unsere Tochter. ›Wir müssen Euch leider einen großen Kummer bereiten. Wir haben uns so darauf gefreut, am nächsten Sonntag bei Euch zu sein, aber leider muß Werner mit seinem Chef Tennis spielen, es läßt sich nicht vermeiden, Werner ärgert sich sehr darüber, er wäre viel lieber mit mir zu Euch gefahren, um Vater im Garten zu helfen. Wir hofften erst, am darauffolgenden Wochenende zu Euch zu kommen, aber da sind wir bei Aiga zum Geburtstag eingeladen, und Ihr wißt ja, wie Aiga ist, wenn einmal etwas nicht nach ihrem Kopf geht. Auch am übernächsten Sonntag werden wir nicht kommen können, da feiert unser Kegelklub sein Jubiläum, und es gibt Spanferkel aus der Vereinskasse, das können wir uns doch nicht entgehen lassen, da wir uns Spanferkel sonst nicht leisten können. Kränkt Euch nicht zu sehr, wir holen das nächsten Monat nach, Werner hat noch fünf Tage Urlaub gut, die wollen wir bei Euch verleben. Ich koche dann auch das Apfelgelee für Euch ein, und wir nehmen uns einen Teil der Äpfel als Gelee und die Birnen als Kompott in die Stadt mit. Wenn die Kirchenglocken diesen Samstag vom Dorf um vier Uhr den Sonntag einläuten, werden wir ganz fest an Euch denken, wie Ihr da immer vorm Haustor steht, Hand in Hand, und ins Tal hinunterschaut. Ich weiß, daß Vater zum geschlossenen Gartentor hinüberschielen wird, das er sonst immer vorsorglich für uns aufmacht und uns ein Stück die Straße entgegengeht, wenn wir kommen. Diesmal wird er brummen: ‚Sollen sie doch bleiben, wo sie wollen! *Ich* brauche die Kinder nicht!' Aber dann sagst Du zu ihm, Mutter: ‚Schwätz nicht so dumm daher, Vater! Du brauchst sie genau so, mehr als sie Dich! Und geschrieben haben sie uns ja auch, daß es ihnen leid tut.' Seid also bitte nicht allzu traurig, Ihr wißt doch, wie gern wir immer bei Euch sind und wie Eure Enkel Euch lieben, auch wenn wir vergangenen Sommer nicht so oft kamen, weil Picherts einen Swimmingpool in ihrem Garten gebaut haben und Eure Enkel dort baden dürfen – verlebt also trotzdem einen schönen Sonntag ohne uns und seid herzlich geküßt von Euren dankbaren Kindern Werner und Traudel und Euren beiden Enkeln Petra und Christinchen.‹

Ein Brief ist doch etwas ganz anderes als ein Telefongespräch. Man kann ihn dreimal lesen und dann aufheben und immer wieder lesen, und die Sonderwünsche stehen in einem Brief ganz klein geschrieben als Postscriptum, viel leiser und bescheidener als am Telefon ausgesprochen:

›PS: Kann Mutter uns etwas von ihrem guten Silber borgen? Ihr nehmt es ja doch so selten, und es liegt bei Euch nur in der Lade.‹«

Der Direktor einer großen Versicherungsgesellschaft, Herr Dr. D., München, teilt uns mit:

»Bisher haben unsere Kunden im Schadensfall immer kurz telefoniert: ›Kommen Sie her! Sehen Sie sich den Schaden an! Das muß alles voll ersetzt werden! Dafür bin ich ja in einer Versicherung!‹

Seit kurzem haben sie sich daran gewöhnt, Briefe an uns zu schreiben. Die klingen dann wesentlich anders: ›Sehr geehrte Versicherung! Leider bin ich gezwungen, wieder einen Schaden anzumelden. Ich bin nun schon neunzehn Jahre bei Ihnen versichert, und bisher haben Sie in allen Fällen jeden Schaden so großzügig ausgeglichen, daß Sie an mir wirklich nichts verdient haben. Es ist mir deshalb doppelt peinlich, daß ich schon wieder meine Haftpflichtversicherung in Anspruch nehmen muß. Mein fünfjähriger Sohn Bruno hat auf unserem Balkon im zweiten Stock die Balkonblumen gegossen und hat dabei einen Blumentopf heruntergestoßen. Unter uns im Haus ist eine Gemischtwarenhandlung, und der Gemischtwarenhändler hatte eine Kiste mit dreihundert Frischeiern, Sorte A, neben dem Obst draußen vorm Eingang stehen. Nun ist der schwere Blumentopf, der unserem Bruno heruntergefallen ist, genau in die Eierkiste gefallen und hat hundertdreiundzwanzig Eier total zerschlagen und siebenundsechzig weitere angeschlagen. Der Gemischtwarenhändler war soeben bei mir und verlangt Schadenersatz. Da ich in einer guten Versicherung bin und ihm erzählte, daß Sie bei unserem letzten Zimmerbrand, den der kleine Bruno verursacht hat, voll für den Schaden aufgekommen sind, ging er beruhigt wieder weg. Ich habe Ihnen meines Wissens auch noch nicht dafür gedankt, daß Sie im vergangenen Frühjahr die sieben herausgenommenen, übereinandergestellten Doppelfenster des Nachbarn ersetzten, die unser Bruno mit einem einzigen Steinwurf seiner Schleuder zertrümmerte. Wie gesagt, ich stehe tief in Ihrer Schuld und bin froh, bei Ihnen versichert zu sein. Dies mußte einmal ausgesprochen werden, und ich tue es gern – ja richtig, ein kleiner Schaden kommt noch dazu: Unser Hund hat dem Gemischtwarenhändler bei seinem Besuch die Hose zerrissen – Hochachtungsvoll Emmerich Klugkopf.‹«

Klavierkonzert

Ich bin, kurz heraus gesagt, ein Banause. Für höhere Kunst habe ich wenig übrig. Ja, Tannhäuser und Freischütz, wo es kracht und donnert, wenn die Beatles singen oder die Rolling Stones spielen, wenn Gus Backus seine »Bohnen in die Ohren« schmettert, das lasse ich mir noch gefallen. Aber ein Klavierkonzert mit einer Hand – auch das gibt es! –, wo einer allein am wohltemperierten Klavier sitzt und nur mit der linken Hand spielt, weil er sich mit der rechten am Kopf kratzen muß, oder wo eine einzelne Geige wimmert, ja nicht einmal das Flötensolo von Sanssouci ist nach meinem Geschmack. Von mir aus könnten sie alle Konzertsäle in Supermärkte verwandeln!

Kitty hingegen ist mehr für das Vornehme. Ihr kann die Kunst nicht edel genug sein. »Du mußt dich bilden, Johannes!«

»Ich bilde mir ein, ich bilde mich genug.«

»Du mußt etwas für deinen Horizont tun! Die Kunst macht uns den Göttern gleich.«

»Ich muß nicht so hoch hinauf.«

»Am Sonntag gehen wir in ein Klavierkonzert.«

»Ohne mich!«

»Ein weltberühmter Klaviervirtuose spielt! Die Zeitungen sind voll davon. Er spielt Chopin. Préludes et Etudes!«

»Auch das noch!«

»Erhöhte Preise! Beschränkter Kartenverkauf! Abendkleidung vorgeschrieben! Reizt dich das nicht?«

»Geh allein, Kitty!«

Da sagte Kitty: »Ohne dich ist es für mich der halbe Genuß.«

Ich kenne diesen Spruch. Wenn er fällt, ist er meist gefehlt.

So war es auch diesmal. Am Sonntagabend saß ich im Konzert.

Hinterher erwarteten mich meine Freunde. »Wie war es, Johannes? Berichte!«

»Köstlich!«

»Hat es dir gefallen?«

»Gefallen ist gar kein Ausdruck! Es war phänomenal!«

»Bist du jetzt bekehrt?«

»Und ob! Ich habe mich halbtot gelacht!«

Die Freunde versteinerten. »Im Konzert? Gelacht?

Ich strahlte noch immer über alle Backen. »Es war auch zu komisch«, sagte ich.

»Was war komisch?«

»Kittys Gesicht! Das Gesicht meiner lieben Gattin!« rief ich. »Stellt euch vor, wir sitzen vorn in der ersten Reihe, meine Frau im goldfarbenen Hochdramatischen, mit allem Schmuck und Geschmeide, frischgetönt und neugelockt, und plötzlich öffnet sich oben die kleine Bühnentür, und heraus tritt der weltberühmte Klaviervirtuose. Jetzt hättet ihr das Gesicht meiner Frau sehen müssen, als sie erkannte, daß der berühmte Künstler da oben, für den sie sich ihr rauschendes Abendkleid angezogen hatte, für den sie drei Stunden beim Friseur gesessen war, sich in die engen Schuhe gequält und die teuren Eintrittskarten bezahlt hatte, just der Mieter über uns in unserem Haus war, gegen den meine Frau schon sechsmal mit dem Besen gegen die Decke geklopft hatte, weil er ihr mit seinem dummen Klavierspiel auf die Nerven ging . . .«

Heiratsagentur

Ich suchte eine Frau. Des Alleinseins müde wollte ich heiraten.

Die Heiratsagentur Helene von Amorbach fiel mir auf. Sie inserierte in den Zeitungen: »Glückliche Ehen nur durch uns! Keine Wartezeit! Selbstbedienung! Amerikanisches System!«

Neugierig geworden ging ich hin.

Die Heiratsagentur liegt mitten im Zentrum. Auf einer Geschäftsstraße im Parterre. Sie zeigt ein Schaufenster. Hinter einer hohen Scheibe sieht man eine gemütliche Wohnecke. Blumen auf dem Tisch, Wein in den Gläsern, Selbstgebackenes auf lustigen Tellern, gedämpftes Licht, das Radio spielt, Mann und Frau, zwei Puppen, sitzen auf der Couch und haben sich lieb.

»So können Sie es auch haben!« steht darunter.

Ein Page in eng anliegender Jacke mit herzförmigen Messingknöpfen öffnet mir die Glastür. Eine junge Dame mit noch enger anliegender Jacke ohne Knöpfe sitzt dahinter und kassiert dreißig Mark. Das ist die Gebühr.

»Bitte hier einzutreten!« sagt sie freundlich. »Sie können nicht verfehlen! Treten Sie jeweils durch das Tor Ihrer Wünsche.«

Ich stehe in einem rechteckigen Vorzimmer.

Das Zimmer ist leer. Vor mir zwei Türen.

»Eine Frau fürs Leben!« steht auf der einen und auf der zweiten: »Ein Mann fürs Leben.«

Da ich eine Frau will, gehe ich durch die linke Tür.

Ich komme in einen zweiten Raum.

Er sieht aus wie der erste und hat ebenfalls zwei Türen: »Blondinen«, »Brünette«.

Ich wähle die Blonden und betrete einen dritten Raum mit zwei Türen.

Auf der einen steht: »Junge hübsche Mädchen«, auf der anderen: »Reife Frauen. Witwen. Erfahrene.«

Ich finde diese Art Vorsortierung großartig.

Ich gehe zu den jungen hübschen Mädchen, die meiner harren.

Sie harren nicht. Denn ich komme wieder in einen Raum, in dem ich mich abermals zu entscheiden habe.

»Gut gewachsen und schlank«, lese ich auf der rechten Tür und links: »Üppige und mit kleinen Formfehlern.«

Ich wähle die rechte Tür.

Im fünften Vorzimmer nur die zwei Ausgänge: »Ohne Verwandtschaft«, »Mit großer Verwandtschaft«.

Ich will meine Frau für mich haben, also eine ohne Verwandtschaft.

Ich trete ein.

Der Raum ist leer. Wieder zwei Türen: »Häuslich und sparsam«, »Verwöhnt und verschwenderisch«.

Mir fällt die Wahl leicht.

Ich komme mir vor wie in einer Obstsortierungsmaschine. Meine Erwartungen schwellen. Aber noch immer keine Mädchen. Nur immer wieder zwei Türen, durch die ich muß.

Ich lese rechts: »Näht, wäscht, kocht und backt gern« und links: »Spielt Bridge und verlangt Hausmädchen.«

Ich gehe natürlich durch die rechte Tür und nähere mich immer mehr meinem erträumten Ideal. Aber ich muß vorher nochmals durch zwei Türen: »Ordentlich, sauber und einfach«, »Genial mit höheren Interessen«.

Höhere Interessen habe ich selbst. Also wähle ich die Saubere.

Wieder bin ich in einem Vorzimmer. Es ist das neunte.

Ich stehe vor zwei Türen: »Betet ihren Mann an!«, »Will angebetet werden!«

Mein Herz klopft höher. Ein schönes Mädchen, sauber, sparsam, fleißig, blond, gut gewachsen, das mich noch dazu anbetet? Hinein durch diese Tür!

Das goldene Ende kommt noch.

Wieder warten zwei Türen auf mich.

»Mit Geld und Vermögen!« steht auf der einen. »Arm wie eine Kirchenmaus!« steht auf der zweiten.

Ich wähle die Tür zu dem reichen Mädchen.

Mein Gott, wenn man die Wahl hat –

Ich gehe durch diese Tür und stehe plötzlich wieder auf der Straße.

Der Page vorm Eingang drückt mir einen Umschlag in die Hand.

In dem Umschlag befindet sich ein Taschenspiegel und ein Zettel.

Ich lese: »Bei Ihren Ansprüchen, mein Herr, an eine Frau, die Sie heiraten soll – es ist besser, Sie sehen erst einmal in den Spiegel!«

Pfingsten passiert immer etwas

Ich habe drei verheiratete Töchter.

Sie hatten alle für Pfingsten etwas vor.

Meine Älteste wollte mit ihrem Mann eine Schiffsreise nach Athen und Tunis machen.

Ich sprach dagegen. »Ich sehe es gar nicht gern, wenn du mit deinem Mann eine so weite Reise unternimmst«, sagte ich. »Während der Pfingstfeiertage sind alle großen Dampfer bis zum Mast hin ausverkauft, da ist jede Kabine und jedes Kabinchen besetzt, sogar in den Badewannen und auf den Billards schlagen sie ihre Notbetten auf – da herrscht ein Gedränge und ein Gewühl an Bord, man rauft sich um jeden Liegestuhl, um jedes Glas Wasser. Das Licht geht aus, das Bier geht aus, das Essen ist ungenießbar, und alle Tische im Speisesaal sind dreimal besetzt. Die Menschenmenge drückt das Schiff bis zum Rand ins Meer, ein kleiner Sturm wirft es um. Von den Landungsbrücken stürzen die kleinen Kinder ins Wasser, hungrige Krokodile schnappen nach ihnen, oder sie verlaufen sich hinter Tunis unbeaufsichtigt in der Wüste und werden von Löwen angeknabbert – nein, Pfingsten passiert immer etwas, mir wäre lieber, ihr bliebt daheim!«

Meine zweite Tochter Karoline hatte sich gerade einen neuen Wagen gekauft, einen Schnellflitzer, und wollte mit ihrem Mann kreuz und quer durch Italien fahren. Bis Palermo hinunter, bis Neapel herüber, bis Venedig hinauf.

Ich rief entsetzt: »Seid ihr von allen guten Geistern verlassen? Über Pfingsten nach Italien? Das ist der reinste Mord! Wo ihr von München an bis nach Verona in Dreierkolonnen fahren müßt und am Brenner acht Stunden warten! Wo alle Verkehrsrowdys unterwegs sind und alle

Sonntagsfahrer zugleich, die ihren Schlitten den ganzen Winter eingemottet stehen ließen! Jetzt, zu Pfingsten, sind sie alle wieder auf den Rädern, da scheppert es hinten, da scheppert es vorn, da rammt es von allen Seiten, da gibt es kein Halten und kein Zögern, wer seitwärts ausschert, kommt nie wieder hinein. Die Kinder können nicht austreten, die Erwachsenen können nicht einkehren, das zerrt an den Nerven, man wird am Steuer immer nervöser, zeigt nach rechts die Faust und nach links den Vogel, und wenn man spät nach Mitternacht sein Quartier erreicht, wo man zum Mittagessen eintreffen wollte, schnarcht längst ein anderer im reservierten Bett, wenn man überhaupt noch halbwegs gesund am Zielort ankommt. Nein, Pfingsten passiert immer etwas, es wäre mir lieber, ihr bliebt daheim!«

Meine jüngste Tochter Christine war ein rechter Schatz. Sie machte mir keine Sorgen. Sie war erst jung verheiratet, keine drei Wochen, und wollte mit ihrem jungen Ehemann im dichten Birkenwäldchen hinter dem Haus spazierengehen. Sie wollten den Wagen daheim lassen, keine weiten Reisen machen, sondern sich nur still im Wald ergehen. Das gefiel meinem väterlichen Herzen.

Am zweiten Fastensonntag im darauffolgenden Jahr, den man Reminiscere nennt, fand in Birkenstein die Taufe meiner jüngsten Enkelkinder statt: Christine hatte mich zum glücklichsten Großvater von Zwillingen gemacht. Ich sage ja, nicht einmal das Birkenwäldchen bürgt dafür: Zu Pfingsten passiert immer etwas ...

Schöne große rote Erdbeeren

»Es ist schon ein paar Jahre her, da besuchte ich im Juni meine verheiratete Tochter und mein einziges Enkelkind Angela in Bremen«, erzählte mir Baurat Clemens Wagner. »Meine Tochter lebte dort als Frau eines Bahnbeamten, sie hatten eine kleine Zweizimmerwohnung, und die beschränkten Wohnverhältnisse waren es auch, daß mein Enkelkind die ersten vier Jahre seines Lebens bei mir aufwuchs und sein erstes Zuhause ein altes Landhaus mit einem großen Garten in der Nähe von Cannstatt war. Im Winter, kurz vor den ersten Schneefällen, holte meine Tochter ihr Kind zu sich nach Bremen, es ist verständlich, Vater und Mutter hatten Sehnsucht nach ihrem Kind, es ist auch im kalten Winter in einer warmen Stadtwohnung besser aufgehoben als auf dem Land ... Es ging also alles, wie es der natürliche Lauf der Welt ist, und zu dem natürlichen Lauf gehörte auch die Einsamkeit des Großvaters, dessen Haus plötzlich leer geworden war.

Im Frühjahr wollte mir die Gartenarbeit gar nicht recht von der Hand gehen ohne das lustige Geplapper und die nie enden wollenden Fragen meines Enkelkindes neben mir im Gras, und gerade bei den Erdbeeren, die ich von ihrem Winterschutz befreite, erinnerte ich mich, wie ich im vorigen Sommer immer die schönsten und ausgereiftesten Früchte an der Pflanze gelassen hatte, mein Enkelkind geheimnisvoll bei der Hand nahm und durch den Garten führte, bis es selbst mit einem glücklichen Jauchzen die herrlichen roten Früchte im grünen Laub entdeckte und in seinen kleinen Mund schob.

Ende Mai hielt ich es nicht mehr aus, schloß Haus und Garten ab und fuhr auf sechs Tage zu meiner Tochter nach

Bremen. Angela war über meinen Besuch sehr aufgeregt, fünf Jahre alt, und der Großvater kommt zum ersten Mal in ihr neues Zuhause, ich muß alles bewundern, ihr kleines Bett, den Stuhl, auf dem sie sitzt, die Brause im Badezimmer, ihren neuen Sommermantel, den ihr die Mutter gekauft hat, den Bären Puschi und die Puppe Trulala. Aber damit ist es noch nicht genug, alle ihre kleinen Freundinnen müssen mich sehen. Sie stehen am Nachmittag vor der Tür des Hauses, die auf eine Spielwiese hinausgeht. Angela hatte alle zusammengeholt: ›Mein Großvater ist da! Wollt ihr ihn euch anschauen?‹ Und sie kamen alle, mich anzuschauen. Ein Großvater von auswärts ist für die Kinder wohl so etwas wie der Riese im Märchen.

Anschließend mußte ich mit meinem Enkelkind in die nahe Ladenstraße gehen. ›Da ist unser Fleischer, und das ist unser Bäcker, und hier holt Mutti immer die Milch, und hier kauft sie das Obst und das Gemüse ... Obst aber jetzt nicht, weil es so verflixt teuer ist.‹

In dem Obstgeschäft steht ein Korb mit schönen roten Erdbeeren. ›Eine Mark sechzig das Pfund‹, steht darauf. Nun, was ein echter Großvater ist, der kann da nicht widerstehen, zumal die hellen Augen meines Enkelkindes immer wieder von dem Korb wegschauen, richtig rot ist sie geworden, als wollte sie mit den Früchten konkurrieren, aber es ist nur ihre Aufregung und Anstrengung, sich ihren Wunsch nicht anmerken zu lassen oder mich gar zu bitten, ihr Erdbeeren zu kaufen. Zehn Minuten später gehen wir zwei, ich, der alte Mann, und mein Enkelkind Hand in Hand durch die Straße nach Hause zurück, in ihrer freien Hand trägt Angela ein kleines Körbchen mit frischen Erdbeeren. Die schönsten Früchte hat ihr der Gärtner herausgesucht, nicht eine mit einem Fleck ist darunter. Wir sind den Weg in die Ladenstraße zu dem Gärtner in den sechs Tagen meines Besuches noch oft gegangen, manchen Tag sogar zweimal, und sind nie ohne Erdbeeren heimgekommen. Wir schwelgten in Erdbeeren, Erdbeeren mit Zucker, Erdbeeren mit Sahne, Erdbeeren mit Milch, Erdbeertörtchen und Erdbeerkompott. Ich rechnete nicht nach, was es kostet, Erdbeeren gibt es nur einmal im Jahr und einen so guten Großvater auch nicht alle Tage.

Ich war längst wieder daheim, in Cannstatt, allein und ganz meinen Erinnerungen an mein Enkelkind hingegeben, da bekomme ich eines Tages den Brief meiner Tochter: ›Ich war heute mit Angela in der Ladenstraße beim Gärtner, um Spinat zu kaufen. Spinat ist jetzt billig, und Angela hatte ihn sich bestellt. Sie wollte unbedingt mitgehen, wenn ich einkaufe. Im Laden hat sie mich dann ein wenig blamiert. Sie stand neben den Körben mit den frischen Erdbeeren und meinte, ich solle davon kaufen. Ich habe sie ganz leise davon abgelenkt, die Leute ringsum brauchten nicht zu wissen, daß sie für uns zu teuer waren und wir mit jedem Pfennig rechnen müssen. Ich flüsterte ihr also zu, jetzt sei ja bald Sommer und dann komme sie nach Cannstatt, da habe der Großvater wunderschöne Erdbeeren im Garten und schenke ihr bestimmt welche. Angela riß sich von meiner Hand los und sagte ganz laut und deutlich, daß es alle hörten: ‚Wie Großvater da war, hat's bei uns immer Erdbeeren gegeben und gute und viele, der hätte auch jetzt Erdbeeren gekauft ... Aber du, du willst das nie ... Ich fahre bald heim, zu Großvater.'‹

Ich ließ den Brief sinken. Da saß ich nun mit meiner Weisheit. Wir Großväter stellen immer etwas Dummes an, wenn wir etwas Gutes tun wollen. Ich schämte mich ein wenig und dachte darüber nach, wie ich alles wieder ins rechte Gleis bringen könnte. Das nächste Mal mache ich es klüger: Ich werde das Geld für die Erdbeeren meiner Tochter geben, da ist es besser aufgehoben. Es gibt viele Dinge, die eine Mutter für ihr Kind braucht, sicher sind dann auch ein paar Erdbeeren darunter.«

Die Putzfrau und das goldene Herz

Als Johannes am Abend heimkam, fand er Kitty in Tränen aufgelöst. Er umarmte sie besorgt. »Was gibt es, Liebes?«

»Unsere Putzfrau –«

»Was ist mit ihr?«

»Unsere Putzfrau ist allergisch.«

»Allergisch? Wogegen?«

»Gegen das Putzen!« sagte Kitty.

Es gibt heutzutage viele Putzfrauen, die gegen das Putzen allergisch sind. Kaum beginnen sie zu putzen, spüren sie die Müdigkeit in allen Knochen, ihr Blick wird finster, ihre Stimme brummig, und die Lippen ihres Mundes wölben sich verbissen wie die Lefzen einer Bulldogge. Das ist eine Zeiterscheinung.

Frau Viellieb, Kittys Putzfrau, war im höchsten Grade allergisch.

»Wir müssen vor Ostern noch gründlich putzen.«

»Muß das sein?« fragte die Putzfrau.

»Wir haben es jedes Jahr so gehalten.«

»Es gibt Gewohnheiten, die von der Zeiten Lauf überholt werden. Früher, als man noch mit Kohle heizte, mußte man nach jeder Heizungsperiode die Wohnung gründlich reinigen, die Gardinen erneuern, das Silber putzen, die Teppiche in den Hof tragen und ausklopfen. Heute stehen die Teppichstangen verwaist, und die Fenster putzen wir Putzfrauen schon lange nicht mehr, um mit der Gewerkschaft der Fensterputzer nicht zu kollidieren.«

Ja, was eine sprachgewandte Putzfrau ist, die weiß viel zu sagen, um ihren Stundenlohn ohne harte Arbeit heimzutragen.

So standen die Dinge, als Johannes heimkam.

»Sie will nicht, Johannes. Was sollen wir tun?«

»Die Wohnung lassen, wie sie ist.«

»Meine Mutter würde sich im Grab umdrehen.«

»Was hat deine Mutter damit zu tun?«

»Sie hatte ein goldenes Herz.«

»Ich weiß es. Sie hat es mich oft genug merken lassen.«

»Ich meine das Schmuckstück. Es ist wertvoll, aber altmodisch. Wenn wir das Herz nun unserer Putzfrau schenken?«

»Tut sie deswegen ihre Arbeit gründlicher?«

Da sagte Kitty, die Kluge: »Laß mich nur machen, Johannes!«

Als Frau Viellieb aufkreuzte, empfing sie Kitty aufgeregt in der Tür. »Ich habe ein so schönes Geschenk für Sie vorbereitet zu Ostern – ein echt goldenes Herz –, und jetzt ist es weg!«

»Wieso ist es weg?«

»Ich habe es verlegt und weiß nicht, wohin. Vielleicht ist es mir auch heruntergefallen und liegt hinter einem Schrank oder hat sich in einen Sessel verschlüpft, liegt hinter den Büchern der Bibliothek oder in einem Spalt hinter dem Geschirr.«

»In der Wohnung ist es? Das wissen Sie gewiß?«

»Das weiß ich gewiß.«

»Dann werden wir es gleich haben.«

Frau Viellieb krempelte sich die Ärmel hoch und begann, nach dem goldenen Herzen zu suchen. »Wir verbinden das gleich mit dem Osterputz«, sagte sie.

Sie begann, die Schränke auszuräumen, die Schubladen herauszuziehen, die Betten auseinanderzunehmen, die Teppiche umzukehren, sie suchte und putzte zugleich, aber am meisten suchte sie. Nur daß sie eben diesmal beim Suchen den Schmutz auch aus den hintersten Winkeln herauszukehren begann, wo sie jahrelang nie hingekommen war.

Die Bücher aus der Bibliothek wurden herausgenommen und einzeln abgeklopft, die Kristallüster gefegt und gewaschen, denn es hätte ja sein können, daß Kitty das Herz da oben versehentlich hingelegt hatte. Dann saugte sie das Innere der Sessel mit einer Gründlichkeit, daß kein Staubkorn übrigblieb, aber das goldene Herz, nach dem sie suchte, fand sich immer noch nicht.

»Wenn nicht heute, dann finden wir es morgen.«

»Wenn es Ihnen nicht zu viel wird, Frau Viellieb?«

»Ich bin hartes Arbeiten gewohnt«, sagte die Putzfrau.

Am nächsten Morgen kam die Küche daran.

Die Putzfrau holte alle Gläser aus dem Schrank, alle Tassen und Teller, die alten Bestecke und die guten Bestecke, die Pfannen, die Tiegel, die Töpfe, die Kasserollen, nirgends fand sich das goldene Herz. Sie riß das alte Auslegepapier ab und ersetzte es durch neues, in der Hoffnung, daß sich das Herz darunter verschlüpft hatte, aber es hatte sich nicht.

»Vielleicht haben Sie es im Keller verloren?«

»Es ist nicht unmöglich«, sagte Kitty.

So wurde auch der Keller gründlich geputzt, die Speisekammer zuvor, der Eisschrank aufgetaut und ausgewaschen, und dann der Keller. Sogar das Sauerkrautfaß wurde gereinigt, und der alte Rumtopf, der seit drei Jahren leer war und in einem Winkel döste, wurde ausgekratzt, denn es hätte ja sein können, daß das Herz auf dem Grund des Rumtopfs lag.

Als die Wohnung blitzblank war, wie seit Jahren nicht, fand Kitty das goldene Herz.

Sie fand es wie rein zufällig in der Schuhputzlade, wohin sie es versteckt hatte, denn dies wußte sie aus Erfahrung: Die Schuhputzlade wird bei jedem Großreinemachen übersehen. Sie überreichte also Frau Viellieb das goldene Herz und sagte: »Wie glücklich bin ich, daß wir es doch noch gefunden haben!«

Da antwortete zu Kittys Überraschung Frau Viellieb, die Putzfrau, die ja nicht dumm war: »Es kommt immer auf die Form an. Glauben Sie, ich hätte Sie nicht von Anfang an durchschaut, daß das mit dem Herz eine Finte war? Ich habe mitgespielt und mitgeputzt, weil ich Sinn für Humor habe – aber nächste Ostern müssen Sie sich dann schon wieder etwas einfallen lassen, wie wäre es mit einer schönen langen goldenen Kette für das Herz?«

Kitty sagte: »Meine Mutter hat es am schwarzen Samtband getragen.«

Da antwortete die Putzfrau, und damit hatte sie recht: »Die Zeiten haben sich geändert.«

Spanische Novelle

Assunta war der Mann davongelaufen.

Nun ja, in Spanien –

Dreißig Jahre hatten sie miteinander gelebt, hatten Oliven zusammen gegessen, hatten Schweine zusammen gehütet, auch Ziegen, ein Esel stand im Stall – wenn man so zusammenlebt, in der Enge, in der Armut, in der unbarmherzigen Sonne, wird die Frau nicht jünger und nicht schöner davon.

Die Männer aber – so alt können sie gar nicht werden – träumen noch immer von Liebesglück und jungen Mädchen. Nicht nur in Spanien.

Eines Tages nahm nun Juan seinen Hut, schnallte den Gürtel um seine Hose und sagte zu Assunta, seiner Frau:

»Ich gehe mir nur ein wenig Tabak kaufen, vielleicht auch einen Käse und ein Glas Wein ... Geh schlafen voraus, es kann ein wenig länger dauern ...«

Es dauerte sehr lange. Als Juan nach sieben Tagen von seinem Tabakkauf immer noch nicht zurückgekommen war, geriet Assunta in heillosen Zorn, verwünschte ihn und die Seinen und lief mit bösem, wutverzerrtem Gesicht zu einem alten Zigeuner, der einen großen Ruf als Wahrsager genoß. Der alte Gitano saß mit einem jungen Gitano, der bei ihm die Wahrsagekunst erlernte – denn dies ist auch heute noch im südlichen Spanien ein einträglicher Beruf –, vor seiner Höhle am Rande eines ausgetrockneten Flußbettes, starrte in ein großes schwarzes Buch, als ob er darin lese, und verfolgte mit dem Finger die Zeilen der Druckbuchstaben. Er blickte nur einmal kurz auf, als er sich nähernde Schritte hörte, und erkannte ein Weib in hohen Jahren, das mit schlenkernden Armen und einem von Zorn geschüttelten Körper auf ihn zukam. Als sie vor ihm stand, sagte er, ohne aufzusehen: »Dir ist dein Mann davongelaufen.«

»Du weißt es?«

»Mein großes Zauberbuch hat es mir erzählt«, sagte der alte Zigeuner und deutete auf das schwarze Buch vor sich.

»Du mußt ihn mir wieder herbeischaffen! Schon damit ich ihn prügeln kann, diesen Aufunddavon!«

»Du wirst ihn prügeln können«, sagte der alte Gitano und blätterte in den Seiten seines Buches, deutete auf eine Stelle und fuhr fort: »In sechs Tagen ist dein Mann wieder daheim – bereite inzwischen den Stecken vor, mit dem du ihn empfängst!«

»Das werde ich tun!« sagte die Alte, der die Bosheit aus den Augen leuchtete.

Nach acht Tagen kam sie wieder zur Höhle. »Dein Zauberbuch hat gelogen!« schrie sie unbeherrscht, und wenn Häßlichkeit durch Zorn gesteigert werden kann, hier war sie es. »Ich habe gewartet und gewartet, den Stecken in der Hand – zwei Tage habe ich so daheim hinter der Tür gesessen, aber er ist nicht gekommen – dein Zauberbuch ist nicht die zehn Peseten wert, die ich dir gegeben habe!«

»Ich habe die falsche Seite aufgeschlagen«, sagte der Zigeuner, ohne ihr ins Gesicht zu sehen. »Warum hast du mir auch nicht gesagt, daß euer Esel im Stall hinkt? Er hinkt doch?«

»Alle alten Esel hinken!«

»Du hättest es aber sagen müssen. Hier in meinem Buch steht geschrieben: ›Wenn ein Esel im Stall steht, der hinkt, kommt der Mann erst nach drei Wochen zurück.‹«

Drei Wochen später kam die Erboste abermals zum Lager der Zigeuner. »Verbrenn dein Buch!« schrie sie. »Mein Mann –«

Da sagte der junge Zigeuner: »Geh heim! Dein Mann wird nie zu dir zurückkommen.«

»Hast du einen Brief vom Bruder, du Sohn der räudigen Marruja?!« schrie die Frau erbost.

»Ich weiß es genau. Wenn dein Mann zu dir zurückkehrt, sollst du die zwanzig Peseten wiederhaben, die du meinem Vater gezahlt hast, und hundert Peseten von mir obendrein!«

Als Assunta unter Fluchen und Verwünschungen gegangen war, ihnen die Pestilenz und Hagel und Hungersnot an den Hals wünschend, fragte der alte Gitano erschrocken seinen Sohn: »Wie kannst du dich vermessen vorauszusagen, daß er nicht zu ihr zurückkommen wird, wo ich gesagt habe, daß er bald wiederkommen wird? Woher nimmst du deine Weisheit?«

Der junge Zigeuner sagte demütig: »Die Frau ist so böse. Ihr, mein Vater, habt die ganze Zeit in das Buch gesehen, ich aber habe ihr die ganze Zeit ins Gesicht gesehen . . .«

Die Privatsekretärin

»Ich verstehe Sie nicht, Fräulein Müller«, sagte wohlwollend der Notar Dr. Laterner nach Kanzleischluß zu seiner Sekretärin. »Warum heiraten Sie eigentlich nicht, statt sich als meine Sekretärin mit trockenen Zahlen, Aktenabschriften und Prozeßberichten herumzuschlagen? Ich wüßte zwar nicht, was ich täte, wenn ich Sie nicht hätte, Sie sind die beste Privatsekretärin, die ich jemals hatte, aber das ist doch auf die Dauer nichts für ein junges Mädchen. Als Sie vor drei Jahren bei mir eintraten, fürchtete ich, Sie nicht lange zu behalten. ›So ein hübsches junges Ding heiratet bald‹, dachte ich, ›sie wird nicht lange bleiben.‹ Ich beobachtete Sie. Aber nie kam für Sie ein privater Telefonanruf, kein Brief, nichts. Sie haben auch abends nie etwas vor, ob nun ich oder mein Kompagnon Dr. Matthes Sie bittet, Überstunden zu machen, Sie sind immer bereit, sogar sonntags . . . Führen Sie überhaupt ein Privatleben?«

Renate Müller lächelte still in sich hinein, schlüpfte in ihren Mantel und sagte, wie jeden Abend: »Guten Abend, Herr Doktor!«

Fünf Minuten später läutete das Telefon.

»Rechtsanwälte Laterner und Matthes«, sagte der Notar.

»Hier ebenfalls Rechtsanwälte Laterner und Matthes! Haben Sie fünf Minuten Zeit für mich, Herr Kollege? Ich möchte mit Ihnen etwas besprechen.«

»Kommen Sie rüber. Ich bin allein.«

Kurz darauf ging die Tür auf, und die beiden Anwälte, die die große bekannte Kanzlei zusammen führten, wenn sie sich auch oft den ganzen Tag über nicht sahen, schüttelten sich die Hand.

»Ich komme mit einer großen Bitte«, begann Dr. Matthes.

»Nur getrost!«

»Es handelt sich um Fräulein Müller.«

»Meine Sekretärin?«

»Ja. Ich wollte Sie bitten, mir Fräulein Müller für kurze Zeit zu leihen.«

»Ist Ihre Sekretärin krank geworden?« fragte der Notar besorgt.

»Nein. Gott sei Dank nicht. Aber sie ist überbeschäftigt. Wenn ich also meine Bitte wiederholen darf?«

»Ich brauche Fräulein Müller zwar selbst sehr dringend, aber wenn ich Ihnen gefällig sein kann, können Sie sie gern einmal einen halben Tag haben.«

»Ein Tag wird nicht genügen, Herr Kollege.«

»Also gut, zwei Tage«, sagte der Notar wohlgelaunt und bot seinem Gast eine Zigarre an, »das ist aber dann das Höchste.«

»Ich muß Sie leider um einen längeren Termin bitten.«

»Was denn? Sagen Sie nur nicht eine Woche!«

»Ich hatte mit vier Wochen gerechnet, Herr Kollege.«

Der Notar schüttelte den Kopf. »Das ist völlig ausgeschlossen. Vier Wochen! Wo denken Sie hin? Warum übrigens genau vier Wochen?«

»Weil ich hoffe, daß Sie, verehrter Herr Kollege, sich in vier Wochen an den Gedanken gewöhnt haben werden, daß Fräulein Müller nicht zu Ihnen zurückkommt, sondern bei mir bleibt.«

Der Notar sprang ärgerlich auf und zerdrückte die Zigarre in dem großen Aschenbecher. »Das hängt ja wohl schließlich einzig und allein von Fräulein Müller ab, ob sie bei Ihnen bleiben wird oder nicht!«

»Ich habe sie soeben gefragt.«

»Was? Hinter meinem Rücken? Ich muß schon sagen, ich finde Ihr Verhalten mehr als sonderbar, Herr Kollege

Matthes! Ich arbeite nicht für Sie meine Sekretärinnen ein. Unter diesen Umständen bedaure ich, Fräulein Müller auch nicht eine Stunde entbehren zu können. Ich habe über diesen Punkt nichts mehr zu sagen. Guten Abend!«

»Ich möchte trotzdem meine Bitte wiederholen«, beharrte der Anwalt.

»Ja, zum Donnerwetter, nehmen Sie sich doch jemanden anderen aus unserem Büro! Wozu brauchen Sie just meine Privatsekretärin?«

Da sagte der Anwalt, und er lächelte ein wenig dabei: »Ich will sie heiraten. Wir sind schon drei Jahre miteinander verlobt.«

Ich möchte an den Königssee

Ich wohnte während eines Sommers einen Steinwurf vom Königssee entfernt. Oft fuhr ich zu ihm hinüber, schwang mich in ein Boot oder auf einen der zahlreichen Dampfer, stieß meinen Juchzer zum Watzmann hinauf, der ein siebenfaches Echo gab, und aß mit meiner Frau Forellen in St. Bartholomä. Das war vor zwanzig Jahren, als ich dieses Haus bezog.

Seitdem habe ich den Königssee nicht wiedergesehen, trotzdem ich immer so nahe bei ihm wohne und ihn liebe wie am ersten Tag. Ich habe inzwischen Töchter bekommen, die heranwuchsen und mir Schwiegersöhne ins Haus brachten. Einmal, vor einem Jahr, machten wir den Versuch. Wir setzten uns in den Wagen und fuhren zum Königssee. Acht Kilometer vor dem See wurden wir gestoppt. In Dreierreihen schlichen wir weiter, wir zuckelten im ersten Gang und traten mehr auf die Kupplung, als daß wir sie ausließen. Aber wir kamen nicht bis zum See. Die Parkplätze in Ufernähe waren seit acht Uhr morgens überfüllt, wir wurden auf weit entfernt liegende Parkplätze umgeleitet und marschierten dann am Straßenrand im Gänsemarsch, bis wir den See endlich erblickten.

Eine wilde Menschenhorde, Norddeutsche, Amerikaner, Franzosen, Engländer, Holländer, stand auf den Uferwiesen. Zu Tausenden standen sie enggedrängt wie die Heringe da. Alle Boote waren längst ausgeliehen. Kam ein Boot zurück, stürzten sich die Menschen mit Brachialgewalt auf das eine arme kleine Boot. Es wurden wahre Schlachten geschlagen. Männer winkten, Mütter weinten, Kinder schrien, einige wurden ins Wasser gestoßen –

Nun ja, es gibt Dampfer auf dem Königssee, zahlreiche

Dampfer, sie fahren nach dem Fahrplan, aber nach ihnen muß man in langen Viererreihen anstehen, und wenn man nach einer Stunde bis zum Schalter vorgerückt ist, bekommt man erst eine Nummer zugeteilt, mit welchem Dampfer man fahren darf.

Wir waren früh um neun Uhr dort, an einem Sonntag allerdings, aber die Wochentage verwendet der Mensch ja selten zu seinem Vergnügen, und bekamen mit der zugeteilten Nummer das Recht, den Dampfer um vier Uhr zu benutzen. Hätten wir gewußt, wo wir uns bis dahin die sieben Stunden aufhalten sollten, wären wir vielleicht geblieben, aber in den Gaststätten war kein Stuhl frei, und auch auf den Uferwiesen gab es keinen Platz, sich niederzusetzen. Jeder wartete auf seinen Dampfer, und jene, die das Glück hatten, für den Zwölfuhrdampfer eingeteilt zu sein, standen schon ab zehn Uhr auf den Landungsbrükken. Denn die Dampfer waren überfüllt, man mußte um die Plätze kämpfen, und saßen drei an der Reling, mußte der Vierte, der Kleinste, ihnen quer auf dem Schoß liegen, denn nicht einmal zum Stehen hätte er Platz gefunden.

Keiner der Passagiere traute sich in St. Bartholomä auszusteigen und dort Forellen zu essen, denn wie hätte er von dort wieder zurückkommen sollen? Die meisten Dampfer legten auf der Rückreise gar nicht an, der Kapitän winkte von seiner Brücke bedauernd ab. Die Forellen von St. Bartholomä haben in den letzten Jahren ein langes Leben. (Ansichtskarten von und mit dem Poststempel von St. Bartholomä kauft man am besten auf den Parkplätzen im Inneren des Landes.)

Und doch gibt es eine Möglichkeit, die Schönheit des Königssees zu erleben, auch mitten in der Saison, sogar sonntags. Wir mußten nur von unserem eine halbe Stunde entfernten Haus nicht mehr in die Richtung Königssee fahren, sondern mit dem Wagen nach München hinein und dort einen der zahlreichen Gesellschaftsreiseomnibusse zum Königssee besteigen. Die Reiseomnibusse haben freie Durchfahrt, ihre Passagiere dürfen sofort den Dampfer besteigen, der für sie reserviert ist, ihr Essen steht bei Ankunft bereit, an reservierten Tischen, auf reservierten Stühlen – so sahen wir vorigen Sonntag den Königssee in seiner unendlichen Schönheit wieder, stießen unseren Juchzer zum Watzmann empor, vernahmen das siebenfache Echo und hatten einen herrlichen Tag. Aber sagen Sie selbst: Ist das nicht ein gewaltiger Umweg für einen Autofahrer, der nur einen Steinwurf vom Königssee wohnt und seinen Kindern gern den Königssee zeigen möchte?

Das Elternhaus

Am Montag traf ich Herrn Kremslehner am Stammtisch. »Wo warst du am Sonntag?« fragte ich ihn.

»Wir haben einen Tagesausflug mit der ganzen Familie gemacht. Meine Frau wollte den Kindern ihr Elternhaus zeigen. Das ist ihr Wunsch seit Jahren.«

»Wie war es?«

»Ich werde den Tag nicht vergessen. Hör zu:

›Matthias‹, hat meine Frau gesagt, ›wenn du mich lieb hast, fahren wir am nächsten Sonntag nach Heiligeneich. Ich möchte so gern den Kindern mein Elternhaus zeigen.‹

Ich erinnerte mich, in grauen Vorzeiten am Beginn unserer Ehe Elsbeths Elternhaus gesehen zu haben. In der Romantik unserer jungen Liebe war ich mit ihr hinausgefahren und hatte in meiner Verliebtheit die Fensterbank gestreichelt, auf der Elsbeth als Kind herumgeklettert und mit ihrer Puppe im Arm in der Sonne gesessen war. Es war kein sehr eindrucksvolles Haus, aber meine geliebte junge Frau hatte dort ihren ersten Schrei getan, und wenn damals auch längst eine andere Familie darin wohnte, die uns nicht einmal einließ, so war es doch das Elternhaus meiner Frau gewesen.

Heiligeneich war ein kleines Dorf, abseits des großen Verkehrs, nicht einmal auf der Landkarte war es eingezeichnet. Es lag irgendwo in der Nähe von Tulln, und wer weiß schon, wo Tulln liegt.

Ich sah von der Landkarte auf. ›Wenn ich richtig rechne, Elsbeth, sind es bis Heiligeneich und zurück über fünfhundert Kilometer?‹

›Wenn wir zeitig genug aufbrechen, Matthias –‹

Wir brachen zeitig genug auf. Mit dem Sonnenaufgang

sozusagen. Mein Wagen war mit Familie angefüllt, daß ihn kaum die Federn trugen. Zum Glück hatte unsere älteste Tochter an diesem Sonntag etwas Besseres vorgehabt, nämlich mit einem jungen Mann, der ihrem Herzen nahe stand, ins Grüne zu fahren. Auch ihn überredete ich, an unserer Exkursion teilzunehmen und seinen Wagen zu diesem Familienausflug zu satteln. Ich konnte ihm den Rest meiner Familie in den Fond geben, vor allem die kleinsten Kinder, die zehnjährige Katharina und Peter, unseren einzigen Jungen, fünf Jahre alt, einen Nachzügler. Auch unser Hausmädchen konnten wir sonntags nicht daheim lassen, sie hatte es schriftlich, auf Ausflügen mitgenommen zu werden. So fuhren wir, zwei Wagen und neun Personen, nach Heiligeneich, zum Geburtshaus meiner Frau.

›Mutti, ist das Haus schön?‹

›Sehr schön, Kinder.‹

›Mutti, hat es einen Garten?‹

›Einen großen Garten, Christine.‹

›Mutti, wann warst du das letzte Mal dort?‹

›Vor dreißig Jahren, als ich euren Vater heiratete.‹

Wir verfuhren uns ein paarmal, mußten über lehmige Feldwege und Schotter von Kiesgruben, über Holzbrükken, die bedenklich ächzten und über die wohl seit Jahren kein Auto gefahren war, aber da lag endlich das Zwiebelkirchtürmchen in den Auen vor uns, und auf einem primitiven Wegweiser, mit der Hand geschrieben, lasen wir zum erstenmal: ›Heiligeneich, geradeaus.‹

›Nach der Kirche links hinein, Matthias‹, sagte Elsbeth. Sie war sehr aufgeregt. Das ist wohl jeder Mensch, der nach drei Jahrzehnten das Dorf wiedersieht, in dem er seine Kindheit verbracht hat.

Ich liebte meine Frau um dieser Aufregung willen und war sehr glücklich, ihr diesen Wunsch erfüllt zu haben.

›Jetzt muß gleich die Molkerei kommen, wo ich als

Kind immer die Milch geholt habe.‹ Die Molkerei kam. Es war ein kleiner Laden, nur ein Fenster, die Stufen zur Ladentür hinauf schief und abgetreten. Ein buntes Blechschild leuchtete eindringlich ›Apfelsaft, der Sonne Kraft‹, und neben der Tür eine schwarze Tafel, mit Kreide beschrieben: ›Frische Buttermilch! Fischfilets eingetroffen!‹

›Fahr langsam, Matthias!‹

Ich fuhr langsam, fast im Schritt.

Wir kamen am Dorffriedhof vorbei.

›Damals habe ich mich immer schrecklich gefürchtet, wenn ich mit meinem Milchkrug hier vorbei mußte – es war doch meist am Abend –‹

Der Friedhof, so nahe an der Straße, sah allerdings ein wenig unheimlich aus. Ein Eisengitter und dahinter hohe Pappeln und Gräber. Wo wir jetzt wohnten, lag kein Friedhof dazwischen, wenn wir Milch holten.

›Wie alt warst du damals, Mutti?‹ fragte eines der Kinder von hinten.

›Sechs, sieben Jahre –‹

›Und du hast dich nicht gefürchtet?‹

›Doch‹, sagte meine Frau, ›sehr sogar.‹

›Kann ich verstehen – ich ginge da abends nur mit einer Laterne –‹

›Fahr langsam, Matthias‹, sagte meine Frau, ›jetzt muß der große Gasthof kommen, und hinter ihm geht die Straße rechts hinein.‹

Ich bog um den kleinen Gasthof mit den zwei für den Sonntag blaugedeckten Tischen vorm Haus, direkt auf der Straße, aber es saß niemand an diesen Tischen, und aus dem Fenster sah die Wirtstochter unfreundlich heraus. Ich mußte noch an einem Brunnen vorbei, an dem sich eine rote Katze sonnte und ein Hund herumschnüffelte, offenbar gehörte er dem Wirt, denn er war sehr dick wie alle Wirtshunde, dann bog die schmale Dorfstraße nach rechts.

Ein paar Apfelbäume, bemoost und verschrammt, zäunten den Weg.

›Jetzt sind wir gleich da, Matthias‹, sagte meine Frau, ›du kannst rechts halten.‹

Ich hielt, und der Wagen hinter uns hielt auch. Elsbeth stieg als erste aus. Sie war voller Erwartung, ihr Geburtshaus wiederzusehen. Sie hatte es in glücklicher Erinnerung, es war nie sehr groß gewesen, aber ein schönes Haus, mit einem Torbogen, ebenerdig, mit einem großen Garten davor. Während wir alle ausstiegen, hatte ich Elsbeth ein wenig aus den Augen gelassen. Als ich jetzt zu ihr trat, war sie merkwürdig still.

›Wo ist das Haus?‹ fragte ich sie.

›Dort drüben‹, sagte sie, ›aber –‹

Gegenüber standen zwei Häuser. Beide waren ebenerdig. Eines davon war ein Patrizierhaus. Man sah es ihm an, daß es ein Wohlhabender gebaut haben mußte. Es stand tief im Garten, mit breiten Türen und breiten Fenstern, im Schatten von zwei großen alten Nußbäumen, mit gelben Wänden und grünen Fensterläden, eine Steinmadonna in der Hausecke mit der Jahreszahl 1792, ein Beet mit Rosenstöcken begleitete den Weg vom Gartentor zum Haus, es war genauso, wie man sich ein Elternhaus auf dem Land vorstellt, wo unsere Mutter herstammt.

Das zweite Haus daneben, niedrig, mit eingebrochenem Dach, mit einer billigen, windschiefen Tür, mit drei armen Fenstern, die Fensterpolster zerschlissen und fleckig, und einem Vorgarten von noch nicht einmal zwei Quadratmetern, ungepflegt, voller Disteln, und der rostige Zaun, an zwei Stellen umgelegt, das Ganze ein erbärmlicher Anblick, einem Stall ähnlicher als einem Haus, als ob hier Zigeuner hausen möchten – so bot sich dieses Haus dar.

Die Kinder waren näher gekommen. Auch der Mann, der mein Schwiegersohn werden wollte. Sie umringten meine Frau und blickten sich um.

›Mutti, in welchem Haus bist du geboren?‹

›Dort drüben‹, sagte meine Frau.

›Ein wunderbares Haus! Genauso haben wir es uns vorgestellt, Mutti! Dieser schöne Garten und die Rosen und alles so behäbig – wir erkennen es genau wieder, so hast du es uns immer geschildert. Und die grünen Fensterläden an den gelben Wänden – ach, Mutti, wir sind ja so glücklich, daß du hier zur Welt gekommen bist, in diesem schönen Haus!‹

Und der vorlaute junge Mann, der mein Schwiegersohn werden wollte, setzte hinzu: ›Eines hätte mich gestört, gnädige Frau – dieser Stall links daneben, der hätte schon vor fünfzig Jahren weggerissen gehört –‹

Und während sich alle vor dem Zaun des schönen Hauses drängten und bewundernd in den tiefen Garten hineinsahen und beglückt ›Mutters Elternhaus‹ betrachteten, standen Elsbeth und ich vor diesem Haus.

Wir hatten unsere Hände dicht nebeneinander, so daß wir uns berührten, auf die Hauswand gelegt, von der der Putz heruntergefallen war.

Elsbeth sagte leise: ›So klein und armselig – in meinen Gedanken war es so groß und schön geworden – sag den Kindern nichts, Matthias.‹

Als wir heimfuhren, sprachen die Kinder von nichts anderem als von dem schönen Elternhaus ihrer Mutter, von den zwei großen Nußbäumen und den Rosenstöcken davor, und wir ließen ihnen die Illusion.«

Besuch auf dem Land

Linda sah bekümmert aus dem Küchenfenster. »Der Garten, Bruno! Unser Garten! Verheerend!«

»Ich weiß es«, seufzte Bruno und steckte ebenfalls seinen Kopf neben Linda zum Fenster hinaus, »nichts ist gemäht, nichts ist gejätet! Die Stachelbeeren müssen abgenommen werden, die Kirschen gepflückt, die Johannisbeeren gebrockt, die Gurken entspitzt, die Bohnen behäufelt und die Erdbeeren gemistet! Außerdem gehört der Wein angebunden, das Spalier ausgebessert, die Bank gestrichen und das Holz gehackt. So ein Sommer geht schnell vorbei, der Zaun muß erneuert werden, der Hühnerstall ausgemistet, der Honig geschleudert, der Komposthaufen umgesetzt, und auf den Wegen wächst das Unkraut. Ich glaube, es wird wieder einmal höchste Zeit, daß wir Lennemanns aus Remscheid einladen, vier Wochen über den Sommer unsere Gäste zu sein.«

Seit Jahren kamen Lennemanns aus Remscheid jeden Sommer zu Besuch. Sie kamen nicht allein, sie brachten ihre Kinder mit, den Großvater und die Großmutter.

»Ihr wißt, wir machen keine großen Umstände«, begrüßte Linda ihre Sommergäste am ersten Tag, »wir haben euch wie immer eine Bleibe unter dem Dach eingerichtet. Elektrisches Licht haben die Zimmer leider nicht, auch kein fließendes Wasser, aber dafür dürft ihr euch im Bach baden, so oft ihr wollt. Und beim Essen nehmt bitte mit dem vorlieb, was der Garten und die Jahreszeit bieten.«

Der Garten und die Jahreszeit boten arg wenig. Vor allem kein Fleisch. Lennemanns wußten, daß man bestimmt nicht die geringsten Umstände mit ihnen machte. Dafür erschien am Morgen des ersten Tages der Hausherr mit einer Schubkarre voll nützlicher Geräte vor ihrem Fenster und krähte hinauf: »Der Tag ist erwacht mit seiner Pracht! Morgenstund hat Gold im Mund! Kommt, ihr dürft im Garten helfen! Du, Paul, darfst die Kartoffeln behacken, deine Frau darf Möhren jäten, Großvater streicht die Bank, und Großmutter kocht die Marmeladen ein! Deine beiden Ältesten dürfen die Wiese am Bach mähen, deine Töchter dürfen den Hühnerstall ausmisten, und deine Jüngsten setzen den Komposthaufen um. Morgen früh dürft ihr dann den Zaun erneuern, düngen, gießen, umgraben, Holz hacken und aufschichten und das Unkraut aus den Wegen stechen. Hoppauf! Hoppauf! Geschwinde! Geschwinde!«

So ging das jeden Morgen, kaum daß der Hahn krähte. Wenn dann Lennemanns aus Remscheid vier Wochen zu Besuch gewesen waren, dann lag Lindas und Brunos Landhaus wie ein Schmuckkästchen da, dann blühten die Blumen in reicher Verschwendung, dann sproßte nicht ein Halm Unkraut zwischen dem Gemüse, und am ausgebesserten und erneuerten Zaun lag eine lange Reihe feingespaltener und gutgeschichteter Holzscheite. Die Speisekammer war prall gefüllt mit Marmeladen, Kompotten, eingemachten Gurken und Bohnen, und Lennemanns zogen mit wehem Kreuz, krumm und schief gearbeitet, aber mit tiefen Dankesworten über die genossene Gastfreundschaft nach Remscheid von dannen.

Wundert man sich da, wenn heute Bruno zu seiner Linda sagte: »Wir müssen Lennemanns auf vier Wochen einladen, wie denkst du?«

»Es wird allerhöchste Zeit!«

Und so taten sie es auch.

Vier Tage vergingen. Dann brachte der Briefträger einen Brief.

»Ein Brief aus Remscheid!« rief Bruno.

»Von Lennemanns?«

»Ja. Sie kommen. Nur –«

»Nur?«

»Sie haben Wünsche.«

»Was für Wünsche? Lies vor!«

Und Bruno las: »›Liebe Freunde! Wir danken Euch herzlich für Eure Einladung, wieder vier Wochen Eure Gäste zu sein. Wir kommen gern, nur bitten wir Euch, bevor wir aus Remscheid abreisen, uns folgende Zusage zu machen: Vierzigstundenwoche, Lohn nach Landarbeitertarif, Fahrtvergütung, Krankenkasse und einen freien Tag in der Woche.‹«

Die Ehre der Bienen

Die Bienen, die bis weit in das Mittelalter zurück als heilige Tiere verehrt wurden, sind auch heute noch auf dem Land von Geheimnissen umgeben, und mancher Volksbrauch deutet auf die frühere Heiligkeit der Tiere hin. »Alle Tiere krepieren, die Biene stirbt«, sagt ein bayrisches Sprichwort. Beim Kauf eines Bienenvolkes darf man nicht handeln, sonst gedeihen die Bienen nicht. Geschenkte oder geerbte Bienenvölker bringen den reichsten Segen, darum ist es in Niederösterreich noch heute der Brauch, sich den ersten Stock nicht zu kaufen, sondern schenken zu lassen. Einer alten schönen Sitte zufolge müssen alle Hausbewohner den neuen Bienenstock gleich einem eintretenden Gast mit »Grüß Gott« begrüßen und den Tag seiner Ankunft mit geweihter Kreide an den Stock schreiben. Die böswillige Beschädigung eines Bienenkorbes galt früher als schweres Verbrechen und wurde wie Kirchendiebstahl bestraft. Nach altsächsischem Recht verurteilte man den Bienendieb sogar zum Tode.

In Häusern, wo Menschen in Streit leben, tragen die Bienen wenig Honig ein. Wenn aber zwei Menschen Bienen halten und der eine betrügt den anderen, fliegen die Bienen bald davon. Ein Bienenvolk, das jemand auf unrechtmäßige Weise in seinen Besitz gebracht hat, stirbt noch im Lauf des Sommers. Daß die Bienen es nicht gern sehen, wenn mit ihnen Handel getrieben wird, wissen wir schon. Mengt sich nun gar ein Dritter in den Kauf, ein Zwischenhändler, der den Stock einkauft und mit Nutzen weiterverkauft, kann die Ehre der Bienen nur dadurch wiederhergestellt werden, daß der letzte Käufer beim Heimtragen des Volkes die ganze Strecke in schnellem

Lauf zurücklegt. Dann erst sind die Bienen wieder bereit, je nach der Schnelligkeit des Laufes fleißig Honig zu sammeln.

Stirbt ein Mann, der Bienen hält, so muß ihnen der Tod des Bienenvaters gemeldet werden. In Westfalen klopft man dreimal an die Körbe und wiederholt nach jedem Klopfen: »Wacht auf! Der Bienenvater ist tot!« In Oldenburg werden dabei die Stöcke an andere Stellen gesetzt, während in Böhmen die Stöcke mit einem schwarzen Tuch verhangen werden. Geschieht diese Todesanzeige nicht, fliegen nach einem alten Glauben die Bienen davon, um nie mehr wiederzukehren.

Schwärmt im Sommer ein Volk, so war es schon im alten Rom üblich, den Schwarm durch harmonische Klänge, durch Singen und Schlagen auf Erz zurückzuführen. In Deutschland geschieht dies auch heute noch durch Anschlagen an Sensen. Dieser Lärm aber hat nicht nur den Zweck, die Bienen zum Anlegen zu bringen, es sollten auch die Nachbarn von dem rechtlichen Anspruch auf den Schwarm benachrichtigt werden. Bestimmte doch eine württembergische Forstordnung aus dem 17. Jahrhundert, daß die Verfolgung eines Bienenschwarms vom Eigentümer unter lautem Klopfen und Läuten zu geschehen habe.

Ich habe ein paar Bienenvölker beim Haus stehen. Jedes Jahr im Herbst nach der zweiten Honigernte trage ich ein paar Waben ins Armenhaus hinunter, denn ein altes Sprichwort verheißt: Geizige Leute haben kein Glück mit Bienen, ganze Stöcke sterben ab, wenn man nicht einen kleinen Teil des Honigs an arme Leute verschenkt. So handle ich danach und tue gut daran. Die Bienen bringen mir reichen Segen. Früher sagte man, daß ein Bienenvolk einen Sohn studieren lasse. Mir verhelfen sie dazu, gute Nachbarschaft zu halten und die Gastfreundschaft zu pflegen.

Man kann natürlich die Bienenhaltung auch auf eine sehr sachliche und rationelle Weise betreiben. Ich aber liebe die alten Bräuche mit den jungen Bienen, und in manchem Dorfwinkel unseres Landes lebt gleich mir einer, der sich als Bienen*vater* fühlt und der, wenn auch meist verstohlen und heimlich, die alten Sitten in aller Stille übt.

Leben mit Vater

Zwei Wochen waren seit den großen Ferien vergangen. Da fand ein Klassenlehrer, daß es an der Zeit war, seinen zehnjährigen Schülern das Thema eines Schulaufsatzes zu nennen: »Leben mit Vater während der Ferien.« Als er am nächsten Tag daheim die Aufsätze durchlas, legte er vier von den Heften beiseite. Es waren vier Jungen seiner Klasse, drei, deren Eltern reich waren und die ihren Kindern während der großen Ferien etwas Besonderes bieten wollten, und der Ferienbericht eines Knaben, dessen Vater Briefträger war.

Man möge die vier Schulaufsätze hintereinander lesen, denn jedes Jahr kommen neue Ferien, und das »Leben mit Vater« geht weiter.

»Während der Ferien nahm mich mein Vater mit auf die Jagd«, schrieb ein Junge, »ich mußte jeden Morgen früh um vier aufstehen, was mir sehr unangenehm war, da ich früh sehr gern lange schlafe, was eigentlich das schönste Ferienvergnügen ist und auf das ich mich sehr gefreut hatte. Aber jeden Morgen trat mein Vater an mein Bett, zog mir die Decke weg und rief mit aufgeregter Fröhlichkeit, die sonst gar nicht seine Art war: ›Horrido! Wir gehen in den Wald!‹ Wir gingen ohne Frühstück, denn was ein richtiger Jägersmann ist, der frühstückt zuvor nicht daheim, wie mich mein Vater belehrte. Das war mir sehr unangenehm, denn ich hatte mich auf ein langes und gemütliches Frühstück während der Ferien gefreut, wo man einmal nicht in die Schule hetzen und immer auf die Uhr sehen muß. Wir gingen ohne Frühstück in den Wald. Im Wald war es langweilig, sprechen und singen durfte ich nicht, denn das hätte das Wild verscheucht. Vom Weg abweichen und Beeren suchen durfte ich aus dem gleichen Grund auch nicht. Vater schlich mit dem Gewehr vornweg, ich mußte hinter ihm gehen und genau auf ihn acht geben. Blieb er stehen, mußte ich auch stehen bleiben. Einmal trat ich, während Vater aufgeregt durch sein Jagdglas schaute, auf einen dürren Ast. Vater wandte sich zornig um und versetzte mir eine Kopfnuß. Ich hätte ihm mit meiner Schusseligkeit einen kapitalen Bock vergrämt, schimpfte er. Dann setzten wir uns auf eine taunasse Wiese hinter einen Baum. Ich mußte ganz tief sitzen und durfte meinen Kopf nicht herausstrecken. Es war sehr langweilig und dauerte meist zwei Stunden. Dann gingen wir wieder heim, und Vater brummte ärgerlich, es habe heute nicht geklappt, aber morgen werde es klappen. Drei Wochen klappte es nie. Eines Morgens jedoch knallte es. Es war mein Vater, der einen Schuß hatte fahren lassen. Ich war sehr erschrocken, denn ich war gerade eingeschlafen. Vater hatte einen Bock erledigt, ein Reh mit Hörnern. Er war schrecklich aufgeregt, er stieß einen wilden Ton aus, den er einen weidmännischen Juchzer nannte, und befahl mir, nach einer Tanne im Wald zu suchen und ihm einen Bruch zu brechen, einen Tannenzweig, den ich in das Blut des toten Rehes tauchen mußte, um ihn so schmutzig dann an Vaters neuen Hut zu stecken.

Ich tat es, reichte ihm den Hut zurück und sagte: ›Gratuliere, Vater!‹

Er sah mich grimmig an und verbesserte mich: ›Es heißt Weidmannsheil! Wiederhole es!‹

Ich tat es. Dann trugen wir das tote Tier nach Hause, das mir mächtig leid tat. Später haben wir dann nichts mehr geschossen, und Vater sagte, als wir heimfuhren: ›Diesmal hast du großartige Ferien gehabt, mein Sohn! Mit Vater auf der Jagd! Dank es mir und sei fleißig in der Schule!‹«

»Mein Vater machte mit mir während der Ferien eine Seereise«, schrieb ein zweiter Junge. »Er sagte, es sei sehr teuer, aber er wolle mir etwas bieten. Wir fuhren mit dem Zug nach Hamburg. Unterwegs im Zug war mir mächtig übel. In Hamburg nahm mein Vater ein Taxi, und wir fuhren zum Hafen. Das Taxi schaukelte sehr, und mir wurde mächtig übel. Dann bestiegen wir ein großes Schiff, wo es nicht gut roch. Mein Vater sagte, es sei ein sehr teures Schiff, aber er wolle mir etwas bieten. Auf dem Schiff wurde mir sofort mächtig übel. Wir fuhren durch den Kanal, um Frankreich und um Spanien herum. Mir war die ganze Zeit sehr übel. In Genua gingen wir an Land und aßen in einem echt italienischen Lokal echt italienische Küche. Mir wurde darauf sehr übel. Dann fuhren wir über den Brenner nach Hause. Auf der Heimfahrt war mir sehr übel. Mein Vater sagte, als wir daheim ankamen, er habe mir während der Ferien sehr viel geboten und ich solle zum Dank fleißig in der Schule sein ...«

»Mein Vater nahm mich während der Ferien auf eine große Autoreise mit«, schrieb der dritte Junge, »wir fuhren in zehn Tagen sechstausend Kilometer, eine anstrengende Leistung für den Fahrer, wie mir mein Vater jeden Tag zweimal wiederholte. Ich durfte vorn neben Vater sitzen, die Straßenkarte halten und nach den Wegweisern schauen. Mein Vater nannte mich deswegen seinen kleinen Schmiermaxe. Einmal verfuhren wir uns. Ich hatte die Schilder richtig gelesen, aber links statt rechts gesagt. Seitdem nannte mich mein Vater nie mehr seinen Schmiermaxe. Wir fuhren über den Großglockner nach Triest und dann immer am Meer entlang bis Sizilien hinunter. Ich hätte so gern einmal im Meer gebadet, aber Vater sagte, baden könne ich daheim auch und wir verlören zu viel Zeit. Jeden Tag übernachteten wir in einer anderen Stadt. Da wir spät ankamen, hatten wir viel Ärger mit der Zimmersuche. Wir waren jeden Abend hundemüde, aber wir mußten noch Postkarten schreiben. Mutter sagte, wenn wir keine Postkarten schrieben, hätten wir auch daheim bleiben können. Am Morgen starteten wir sehr früh, da wir eine große Tagesreise vor uns hatten. Wir konnten daher auch nirgendwo halten und uns etwas ansehen. Vater sagte, das sei nicht wichtig, Hauptsache, wir seien da gewesen. Unterwegs schlief ich ein paarmal vor Müdigkeit ein. Vater weckte mich jedesmal und schalt mich undankbar, denn er habe doch die Anstrengung, damit ich die schöne Landschaft betrachte. Ich hielt mich mühsam eine Weile munter, dann schlief ich wieder ein. Vater gab es auf, mich zu wecken, und sagte, ich sei noch nicht reif genug für große Reisen. Er habe seine Zeit umsonst für mich geopfert, ich möge ihm wenigstens dadurch danken, daß ich in der Schule fleißig sei . . .«

Der Sohn des Briefträgers schrieb: »Ich habe die schönsten Ferien meines Lebens gehabt. Wir sind daheim geblieben, weil wir kein Geld für eine Reise hatten. Mein Vater hatte sich während meiner Ferien Urlaub genommen und war den ganzen Tag mit mir zusammen. Einen jungen Hund hat er mir auch geschenkt, wir waren immer zu dritt. Vater war sehr fröhlich, wir waren fast jeden Tag baden und sonntags beim Fußball. Als Vater wieder in den Dienst mußte, sagte er, dies sei der schönste Urlaub seines Lebens gewesen und den verdanke er mir . . .«

Ich bin mit einem Haus verlobt

Manche heiraten schnell, manche heiraten langsam. Jene, die vom Fleck weg heiraten, kurzentschlossen und ohne Bedenken – »Du gefällst mir! Komm mit mir, mein Kind, zum Standesamt!« –, gewinnen Zeit. Ich darf sie mit Menschen vergleichen, die ein Fertighaus kaufen, unter fünfzig die Wahl, unter hundert die Wahl, einwandfreie Häuser, man sieht, was man bekommt fürs Geld. Man kann darin probesitzen, probebaden, probekochen, probeausdemfensterschauen – das ist nicht ohne Wichtigkeit für einen, der es eilig hat, unter Dach zu kommen.

Dann gibt es wieder andere, die gehen langsam an eine Sache heran. Wenn sie ein Mädchen gefunden haben und lieben, verloben sie sich zuerst einmal. Sie machen gemeinsame Spaziergänge, schmieden Pläne, wie es einmal sein wird, besuchen Verwandte, kaufen Stück für Stück ihrer Ausstattung ein, es sind aufregend beglückende Tage, die Wochen und Monate der Verlobung. Dann kauft man den Ring, und dann heiratet man.

Das sind die Menschen, um im Bild zu bleiben, die ihre Häuser selbst bauen, also mit ihren Häusern verlobt sind, ehe sie einziehen. Es ist kein geringeres Glück als das der Liebe, einen Grund zu erwerben, zum Notar zu gehen, einen Baumeister zu suchen, Pläne zu schmieden, Bauskizzen entwerfen zu lassen, wie das Haus sich vom Keller bis zum Dach langsam erhebt, bis es eines Tages genau nach unseren Hoffnungen, Wünschen und Bedürfnissen festgemauert in der Erde steht. Diese Menschen sind mit ihrem Haus verlobt. Ihnen klopft das Herz genauso wie den Verliebten. Wenn sie genügend Geld in der Tasche haben, an ein eigenes Haus denken zu können, dann suchen sie auf langen Spaziergängen den Grund, auf dem einmal ihr Haus stehen soll, ja, sie stellen sich auf dem Grundstück bereits jetzt schon so auf, wie sie später einmal aus dem Fenster ihres Hauses in die Landschaft und auf den Fluß blicken werden. Wie beglückend ist der erste Gang zu einem Architekten, dem sie ihre Wünsche anvertrauen, ob die Fenster groß sein sollen oder klein, ob sie einen Balkon an der Küche wünschen oder eine Terrasse mit der Tür zum Wohnzimmer.

Das ist alles so aufregend und so herzklopfenmachend, der Architekt wird zum Freund, denn wer verliebt ist, sammelt Freunde. Schon um über sein Glück sprechen zu können. Denn an wen soll man all das loswerden, wenn uns das Herz überquillt vor Freude, wenn sie beginnen, den Keller auszuheben, den Grundstein zu legen? Es sind Wochen und Monate der Erwartung, wenn das Haus wächst, wenn ein Baustein sich über den anderen schichtet, fest und solid, für hundert Jahre gebaut, wenn der Dachfirst steht, der Firstkranz hängt, die ersten Türen und Fensterstöcke eingesetzt werden – kein Verlobter eilt glücklicher nach Hause. Und wenn es auch einmal einen Krach dazwischen gibt, welches Liebespaar streitet sich nicht einmal in der Verlobungszeit, auch ein Haus und ein Hauserbauer müssen sich erst zusammenraufen, bis man zusammenfindet. Aber es ist mein Haus, das ich erbaue, nach meinen Träumen, nach meinen Plänen. Und wenn es von einem Mann heißt, es bleibt nichts übrig als der Baum, den er gepflanzt, und das Haus, das er gebaut hat – nicht gekauft, sondern gebaut, heißt es im Volksmund –, dieses Haus wird weit über meinen Tod Zeugnis von mir ablegen. »Das ist das Haus, das unser Vater gebaut hat«, werden die Kinder sagen. Denn ich stand vor seinen rohen Mauern, ich legte auch einmal mit Hand an, und die Bauarbeiter waren meine Freunde, denn sie bauten an meinem Haus.

Glaubt ihr mir jetzt, daß jeder Mann, der ein Haus baut, mit ihm verlobt ist? Daß alle Erinnerungen der Verlobungszeit, jede Freude und jeder Wortwechsel, alle Pläne, alle Sorgen später zur glücklichen Erinnerung werden? Ich erinnere mich noch an jedes Kleid, das meine Frau als Braut trug, an jedes Wort, das sie sagte, an jedes Lied, das sie damals sang. Und ein Mann, der ein Haus gebaut hat, erinnert sich noch bis in sein hohes Alter an den Haufen der abgeladenen Bausteine, an das Knattern der Bänder am Firstkranz, an das Hobeln der Hölzer, an die Hammerschläge, an das Klatschen des Kalkes an die Wände – und es sind glückliche Erinnerungen. Wir waren einmal in dieses Haus verliebt, wir sind es noch heute, und die Erinnerungen an damals überdecken den Alltag unserer Zeit.

Darum, wenn ihr Zeit habt, baut eure Häuser selbst, ihr habt mehr vom Leben, und nur zwei Dinge bleiben im Leben eines Mannes von Bedeutung: als er sich eine Frau nahm und als er ein Haus baute.

Geliebte Stimme

Da liegt man im Bett und ahnt nichts Böses. Schläft friedlich. Träumt was Schönes. Und mittendrin wird man wach. Hört ein Stimmchen, ein geliebtes Stimmchen, ein zartes Stimmchen, voller Verführung und voller Verheißung. Das Stimmchen sagt eindringlich: »Geh spielen! Geh spielen! Geh spielen!« Man ist plötzlich hellwach. Glaubt, geträumt zu haben. Aber nein, das Stimmchen ist noch da. Man hört es deutlich: »Geh spielen! Geh spielen! Geh spielen!«

Wer glaubt nicht an gute Geister? Eduard, ein Mann wie du und ich, glaubte daran. Ein Wink des Schicksals! Heute nacht oder nie! Eduard sprang aus dem Bett, sprang in den Anzug, sprang in die Schuhe. Er eilte auf die nächtliche Straße. Da war wieder das Stimmchen. Ganz nah an seinem Ohr. Das zarte, zärtliche Stimmchen: »Geh ins Casino! Geh ins Casino! Geh ins Casino!«

Eduard ging ins Casino. Er war voller Vertrauen. Zögernd stand er zwischen dem Baccara und dem Roulettetisch. Er lauschte fragend dem Stimmchen. Das Stimmchen gab Antwort: »Spiel Roulette! Spiel Roulette! Spiel Roulette!« Jetzt war Eduard seiner Sache sicher. Er setzte sich an den Roulettetisch. »Faites votre jeu«, rief der Croupier. Eduard griff in die Tasche. Zögerte. Da war wieder das zarte, zärtliche Stimmchen, verheißungsvoll: »Setz die Zwölf! Setz die Zwölf! Setz die Zwölf!«

Eduard setzte die Zwölf. Fünf Mark setzte er auf die Zwölf. Da rief das zarte, zärtliche Stimmchen, ganz aufgeregt: »Setz alles! Setz alles! Setz alles!« Da setzte Eduard alles. Alles, was er bei sich hatte. Das Monatsgehalt. Das Ersparte. Die Anzahlung auf den neuen Wagen. Alles auf die Zwölf.

»Rien ne va plus! Nichts geht mehr! Ab dafür!« Die Kugel rollte. Sie lief, und sie sprang. Sie fiel. Auf die Vierzehn. Da sagte das zarte, zärtliche Stimmchen, ganz leise, ganz traurig: »Schade! Schade! Schade!«

Das Herz eines Lehrers

Ein Mensch kann im Lauf seines Lebens viele Dinge besitzen, alles wird er nie sein eigen nennen. Es gibt zahlreiche Menschen, die haben nie ein Auto besessen, kein Fernsehgerät, kein Haus, keinen Garten, keine eigene Wohnung. Dazu hat es nie gereicht, und Gehaltsempfänger, zu denen auch die Lehrer zählen, sind auch in unserem Wirtschaftswunderland die armen Teufel. Doch das sind materielle Güter, die man verschmerzen kann, wenn man sie verschmerzen muß. Es gibt aber auch Menschen, die haben nie in ihrem Leben einen Freund besessen, nie einen hilfsbereiten Nachbarn gefunden, die haben keine Brüder gehabt und keine Schwestern, einige sogar – Gott sei Dank nur wenige – nicht einmal ihre Eltern gekannt. Eines aber hat jeder Mensch, ob arm oder reich, in seinem Leben gehabt: einen Lehrer.

Ein Lehrer bedeutet für die kleinen ABC-Schützen ihre erste Begegnung mit der Pflicht, mit dem Leben überhaupt, und deswegen bleiben uns allen bis ins hohe Alter unsere Lehrer unauslöschlich in Erinnerung. Ich sehe heute noch alle meine Lehrer vor mir und weiß von jedem den Namen. Ich war nie ein guter Schüler, vor allem in den höheren Klassen haperte es bei mir in Deutsch. Meine schlechteste Note im Abitur war nicht Latein, nicht Griechisch, nicht Mathematik, sondern Deutsch. In meinem Reifezeugnis steht: »Deutsch 3 b« – bei Note 4 wäre ich durchgefallen. Und heute lebe ich davon und ernähre meine Frau und meine Töchter und meine Enkel mit meinem Deutsch. Es hapert auch heute noch damit, ich gestehe es offen – ich mache gern, wenn ich nicht gerade den Duden zur Hand habe, orthographische Fehler.

Was der Mensch in der Schule gelernt hat, davon vergißt er im Lauf seines Lebens wieder eine ganze Menge, fast alles. Ich weiß zum Beispiel nicht mehr, wann die Schlacht im Teutoburger Wald stattfand, ich weiß nicht, wann das Konzil von Nicaea war, ich weiß höchstens – verzeihen Sie mir bitte diesen alten Witz –, wie lange der Dreißigjährige Krieg gedauert hat. Was ich damit sagen will: Wir vergessen vieles, was wir einmal wie am Schnürchen, wie aus der Pistole geschossen aufsagen konnten. »Schlacht im Teutoburger Wald, Rösler?« – »Im Jahre 9 nach Christi!« – »Das Konzil von Nicaea, Rösler?« – »Im Jahre 325 nach Christi!« – »Der Dreißigjährige Krieg, Rösler?« – »1618 bis 1648!«

Wir vergessen – was wir aber aus der Schule ins Leben mitnehmen, ist die Disziplin, die Selbstverständlichkeit, unsere Pflichten zu erfüllen, und daß es uns in Fleisch und Blut übergegangen ist, auch dann zu arbeiten, wenn keiner herschaut. Das verdanken wir unseren Lehrern. Jedes Stück Brot, das ich mir bis heute verdiente, noch dazu in einem freien Beruf, verdanke ich meinen Lehrern. Und deswegen freue ich mich, heute hier sagen zu dürfen: »Danke! Danke! Danke!«

Das Herz eines Lehrers muß wahrscheinlich doppelt so groß sein wie das jedes anderen Menschen. Ich bin Vater. Ich liebe meine Kinder. Ich bin Großvater. Ich liebe meine Enkel. Das sind meine Kinder, meine Enkel, die habe ich, mein ganzes Leben lang, vom ersten Tag an bis zu dem Tag, an dem meine Töchter und meine Enkel mir die letzten Blumen zum Kranz zusammenbinden lassen, für die ich mich nicht einmal mehr bei ihnen bedanken kann.

Aber ein Lehrer – ein Lehrer bekommt jedes Jahr eine andere Schulklasse, jedes Jahr dreißig oder vierzig neue Kinder, die ihm bis dahin völlig fremd waren und die er jetzt, jedes Jahr immer wieder von neuem, in sein Herz schließen muß. Und er schließt sie in sein Herz. Denn ohne

Liebe kann ich nicht unterrichten, ohne Liebe kann ich nicht aus Kindern Menschen machen. Und wenn die Klasse dann aufrückt und einen neuen Lehrer bekommt, bleibe ich mit meiner Liebe zu diesen dreißig oder vierzig Kindern, die mir im Lauf eines langen Schuljahres ans Herz gewachsen sind, allein zurück. Die Kinder gehen, und ich stehe am letzten Schultag allein am Katheder und habe höchstens ein Stück Kreide in der Hand und schreibe auf die schwarze Schultafel: »Gott mit euch!«

Das Fußball-Länderspiel

»Das Fußball-Länderspiel wird im Fernsehen übertragen.«

»Ich weiß es.«

»Wenn Sie unbedingt dabei sein müssen, können Sie das Spiel also auch bei uns sehen«, sagte Dr. Wenk, Rosemaries Vater. »Ich verstehe zwar Ihre Sportbegeisterung nicht, schließlich sind Sie heute das erstemal in meinem Haus, ich habe Sie auf Wunsch meiner Tochter willkommen geheißen – wenn Sie aber vorziehen, lieber einem Länderspiel beizuwohnen –«

»Verzeihen Sie! Ich muß hingehen. Ich bin jeden Sonntag dort. Ich kann ohne Fußball nicht leben«, sagte Harald, ein Student.

»Dann werden Sie vielleicht ohne meine Tochter leben müssen, junger Freund«, antwortete Herr Wenk und verbarg seinen Ärger nicht länger. »Ich mag keinen Sportenthusiasten Ihres Ausmaßes in meiner Familie ... Ich glaube, Sie müssen sich jetzt beeilen, um zurecht zu kommen. Adieu!«

Rosemarie kam vom Gartentor zurück. Sie hatte verweinte Augen. Die Mutter deutete ihr mit einem Wink an, liebevoll, wie Mütter sind, mit Vater zu reden.

»Du mußt, bitte, Harald verstehen, Vater«, sagte Rosemarie.

»Ich kann viel verstehen, mein Kind«, sagte Herr Wenk heftig. »Ich kann verstehen, daß du dich in einen jungen Studenten verliebst, der noch volle vier Semester vor sich hat – ich kann sogar verstehen, daß sich meine Tochter in einen jungen Mann verliebt, der nichts verdient – was ich aber nicht verstehen kann, ist die Tatsache, daß eben dieser junge Mann wegen eines albernen Fußballspiels aus einem Haus läuft, in dem er heute zum erstenmal eingeladen ist. Zumal er, wie du sagst, ernste Absichten hat. Allzu ernst können seine Absichten nicht sein, wenn er den Fußballplatz deiner Gegenwart und der Gesellschaft deiner Eltern vorzieht. Schlage dir diesen jungen Herrn aus dem Kopf, ich möchte ihn jedenfalls nicht wieder in meinem Haus sehen.«

Was ein rechter Vater ist, der ist mit einem Machtwort nicht zufrieden. Wenn er es schon einmal aussprechen muß, denkt er noch lange darüber nach, ob er recht gehandelt hat. Der junge Student war nicht so unrecht. Er machte einen guten Eindruck, war bescheiden und sympathisch. Gute Schwiegersöhne sind heute dünn gesät. Wenn er richtig zugehört, hatte der junge Mann, den ihm seine Tochter ins Haus gebracht, sein Abitur in Abendkursen neben seiner Berufstätigkeit gemacht. Allerhand Hochachtung! Er hatte sich auch einmal sein Studium selbst verdienen müssen. Aber um so mehr ein Grund für den jungen Herrn, sich glücklich zu schätzen, in seiner Familie so herzlich willkommen geheißen zu werden und gleich am ersten Tag einen Platz am Tisch zu erhalten. Nach dem Essen aber sofort davonzulaufen, nur weil ein Fußballspiel winkt – unverständlich, die jungen Leute heutzutage!

»Hör endlich auf zu weinen, Rosemarie!« sagte er. »Außerdem bin ich der Meinung, daß ein junger Mann, der im Leben vorwärts kommen will, nicht jeden Sonntag seine paar Groschen auf den Fußballplatz tragen sollte!«

Rosemarie drückte ihr schon völlig tränennasses Taschentuch gegen die Augen. »Darf ich wenigstens das Fernsehen anstellen, Vater?«

»Etwa das Länderspiel?«

»Bitte, Vater!«

Dr. Wenk betrachtete seine Achtzehnjährige kopfschüttelnd. »Meinetwegen«, sagte er, »aber bitte ohne Ton! Mutter und ich möchten unsere Zeitung in Ruhe lesen.«

Die Übertragung des Länderspiels war ausgezeichnet. Herrlicher Sonnenschein lag über dem Platz, man sah es den Zuschauern an, wie heiß ihnen war, die Männer hatten ihre Röcke ausgezogen, immer wieder wischten sich die Menschen mit dem Taschentuch über die Stirn und winkten den Bierverkäufern, die kaum nachkamen, alle Wünsche zu erfüllen. Völlig erschöpft, mit offenen Kragen balancierten sie mühselig die schweren Tabletts mit den Limonadenflaschen und Biergläsern die Tribünen hinauf, wichen den Herunterhastenden aus, zwängten sich durch die Zuschauerreihen, es ist keine leichte Aufgabe, nicht plötzlich mit der nassen Last umgestoßen zu werden, wenn die Zuschauer in ihrer Begeisterung aufspringen, wenn ein Tor droht ...

Rosemarie sieht dies alles auf dem Bildschirm, auch ihre Eltern haben sich jetzt neben sie gesetzt und verfolgen zum erstenmal in ihrem Leben ein Fußballspiel. Der Ton ist längst wieder eingeschaltet, es gefällt ihnen sogar. Zwei zu eins stand das Länderspiel, als die erste Halbzeit abgepfiffen wurde. Die Kamera verfolgt die Spieler bis an ihre Kabinen, dann schwenkt sie auf die Zuschauermassen zurück.

Rosemarie stößt einen Schrei aus: »Da ist Harald!« Und noch einmal, freudig und erschrocken zugleich: »Dort – ganz vorn – links!«

Harald als Limonadenverkäufer, dem man die Flaschen aus der Hand reißt, Harald völlig erschöpft, der Schweiß rinnt ihm von der Stirn, mit der einen Hand hält er mühsam das große Tablett, und mit der anderen wechselt er einen größeren Geldschein.

Jetzt schwenkt die Fernsehkamera direkt auf ihn zu, fährt näher, der Reporter tritt ins Bild. »Ihr habt heute einen schweren Tag, Jungen«, sagt er zu Harald. »Wieviel Flaschen haben Sie heute schon aus der Kantine herausgetragen?«

»Über sechshundert«, sagt Harald und strahlt.

»Kompliment! Keine leichte Arbeit! Sie sind Kellner?«

Harald lacht. »Nein, ich studiere. Medizin. Das hier mache ich jeden Sonntag. Ich verdiene mir mein Studium damit.«

Der Reporter stellt eine letzte Frage: »Was sagen Sie zu unserem heutigen Spiel?«

Harald zuckt die Schultern. »Es wäre schön, wenn ich zusehen könnte«, sagt er, »aber bis auf einen kurzen Blick, gelegentlich –«

Da ist kein Wort mehr gesprochen worden, vor dem Fernsehschirm, bei Wenks. Der Vater hat Rosemaries Hand genommen, und als das Fernsehen zu Ende ist, sagt er wie beiläufig zu seiner Tochter: »Wenn Harald uns das nächste Mal besucht, soll er an einem Wochentag kommen. Wie wäre es mit morgen abend?«

Blick eines Zöllners

Ich hatte es eilig. Man hat es immer eilig, wenn man in seinem Wagen sitzt, vom Urlaub heimfährt und noch fünfhundert Kilometer vor sich hat. Da gibt es Aufenthalt bei den Fähren, an den Tankstellen, am Zoll. Aber man hat seine kleinen Tricks, seine gesammelten Erfahrungen. Mag die Tankstelle auf der anderen Fahrseite noch so verlokkend aussehen, man tankt immer in der Fahrtrichtung. Man hat auch beim Überholen seine Taktik, und vor allem im Zollgrenzbezirk, wenn sich die Landesgrenze nähert, kann man durch geschicktes Fahren viel Zeit sparen. Während alle ihre Wagen langsam auslaufen lassen, um vor dem Zoll zu halten, tritt man auf den Gashebel und überholt noch leicht drei, vier Wagen vor sich, ist vor ihnen an der Grenze und schon längst wieder unterwegs, während die Überholten noch am Zoll warten. Ich bin nicht der einzige, der es tut, aber einer der schnellsten und geschicktesten bei diesem Manöver.

Das heißt, ich war es bis vor ein paar Jahren. Heute habe ich diese Unart längst abgelegt und lasse mich vor der Grenze von den Rücksichtslosen, die sich dazu noch gern des Signalhorns bedienen, leicht überholen. Ich schimpfe nicht einmal hinter ihnen her, hinter jenen, die mir durch ihr Vordrängen die Zeit stehlen. Ich war ja auch einmal einer von jenen, denen ihr Egoismus auf das Gas zu treten befahl.

Das war vor einigen Jahren an der französischen Grenze, kurz vor Straßburg. Die Straße war verhältnismäßig leer, ich hatte in rascher Fahrt überholt, was vor mir war, ich hatte es wie immer eilig, schon las ich das Schild »Landesgrenze 1000 Meter«, ich schnitt eine Kurve, und da erblickte ich einen roten Wagen auf der Straße, Richtung Zoll, genau auf der halben Höhe zwischen mir und den Zollschranken. Schon der Ehrgeiz gebot mir, ihn zu überholen und mich vor ihn zu setzen, eine rein sportliche Frage, ich tat es, und es gelang mir auch. In der letzten Minute trat ich auf die Bremse und hielt keine zehn Zentimeter vor der Zollschranke, während der rote Wagen hinter mir langsam ausrollte und hielt. Man mußte damals noch an der Grenze aussteigen und mit seinem Paß und den Wagenpapieren durch die Zollhalle gehen. Ich war ein paar Meter zu weit gefahren und mußte zwanzig, dreißig Schritte zurückgehen und sah eine Dame aus dem roten Wagen steigen, der näher an der Tür war, aber es gelang mir durch mein blitzschnelles Erfassen der Situation, noch vor ihr durch die Tür zu gelangen, gerade so knapp, daß ich ihr die Tür noch aufhalten konnte, ohne ihr den Vortritt lassen zu müssen.

Ich trat also als erster an den Zollschalter, einen langen Tisch, hinter dem ein Beamter saß. Ich legte meine bereitgehaltenen Papiere vor ihn hin, das Gleiche tat die Dame aus dem roten Wagen. Der französische Zöllner, nach einem kurzen uninteressierten Blick auf uns beide, ergriff zuerst den Paß der Dame und –

»Moment!« sagte ich. »Ich war zuerst da!«

Der französische Zöllner behielt den Paß der Dame in der Hand, nahm den meinen und sagte: »Verzeihen Sie, mein Herr! Sie haben recht, ich habe mich geirrt.«

Ich wurde vor der Dame neben mir abgefertigt. Aber der Blick, den er mir zuwarf, als er sagte: »Sie haben recht, mein Herr!«, den werde ich nie vergessen und auch nicht das wie um Entschuldigung bittende Lächeln, mit dem er sein Gesicht der Dame zuwandte, während er meinen Paß abstempelte. Dabei war die Dame weder jung noch schön, sie war eine Frau, und er war ein Franzose, und ich merkte zum erstenmal, was die Franzosen unter einem Boche verstehen. Er sagte es nicht, denn welcher Franzose sagt es überhaupt? Aber versteht mich, daß ich seitdem anders an einer Grenze vorfahre, den anderen den Vortritt lasse, um wiedergutzumachen, was ich mir und meinem Land durch mein früheres Verhalten antat. Oft genügt ein Blick, den Menschen wieder auf seinen Platz zu verweisen, der ihm zukommt. Ich begnüge mich seitdem gern mit dem zweiten, dritten. Die Schnellsten und Geschicktesten gehören nicht immer zu den Beliebtesten, auch dann nicht, wenn sie im Recht sind.

Ein angenehmer Zeitgenosse

Ein alter Schulfreund hatte sich bei uns zu Besuch angesagt. Wir hatten uns seit unserer Schulzeit nicht mehr gesehen, und das war jetzt ungefähr zwanzig Jahre her. Meine Frau freute sich, einen Menschen kennen zu lernen, mit dem ich gemeinsam die Schulbank gedrückt hatte. Sie holte das Beste aus Küche und Keller, schmückte den Tisch mit Kerzen und Blumen, legte das gute Silber auf – da läutete es. Es war mein Schulfreund.

Ich führte ihn ins Zimmer. »Darf ich dir meine Frau vorstellen?« sagte ich.

»Angenehm!« sagte er, ohne sie anzusehen.

Ich fragte: »Und du? Du bist noch nicht verheiratet?«

»Das hätte mir noch gefehlt! Eine Klette am Bein! Ich halte mir dafür ein Auto.«

»Ein Auto ersetzt doch keine Frau?«

Er machte eine wegwischende Handbewegung, als ob meine dumme Frage keiner Beantwortung wert sei. Dennoch beantwortete er sie: »Sprich keinen Unsinn! Ein sportlicher Wagen ist billiger und macht mehr Freude als jede Ehefrau. Wenn der Wagen im Stall steht, kostet er gar nichts. Aber eine Frau hält den ganzen Tag den Mund zum Füttern offen. Und wenn das Auto eines Tages alt und schäbig geworden ist und in der Karosserie klappert, kann man sich ein neues anschaffen. Kannst du das mit deiner Frau?«

Ich sah meine Frau an und bat sie stumm um Verzeihung.

Wir setzten uns zu Tisch.

»Nehmen Sie Eier?« fragte meine Frau.

»Sind sie frisch?«

»Ganz frisch.«

»Hühner legen in dieser Jahreszeit nicht, gnädige Frau! Das sollten Sie eigentlich als gute Hausfrau wissen. Haben Sie zufällig hausgemachten Heringssalat da?«

»Leider nein.«

Mein Schulfreund nickte befriedigt, als hätte er die Antwort erwartet. Er schlug mit der Hand auf den Tisch. »Hier wie überall! Der 08/15-Haushalt! Nirgendwo kriegt man Heringssalat! Weil er ein wenig mehr Arbeit macht und die lieben Dämchen sich nicht die lackierten Fingerchen schmutzig machen wollen! Na, macht nichts. Essen wir eben, was da ist und was der Hausfrau keine Mühe gemacht hat!« Er häufte sich seinen Teller mit Bündner Fleisch voll. Kauend knurrte er: »Siehst eigentlich nicht gut aus, alter Junge! Du bist viel mehr gealtert als ich. Kommt alles von der blöden Heiraterei!«

Meine Frau erhob sich. »Die Herren entschuldigen mich bitte!« Schon war sie aus dem Zimmer.

»Was soll denn das heißen?« fuhr mein Schulfreund auf.

»Sie wird in der Küche etwas richten müssen.«

»Das bereitet man vorher vor. Eine wirkliche Dame erhebt sich nicht vom Tisch!«

»Entschuldige sie bitte«, sagte ich.

Er sah zur Tür. Beugte sich zu mir vor und flüsterte: »Darf ich dir etwas sagen?«

»Bitte?«

»Deine Frau gefällt mir nicht.«

Als ich wenige Wochen später bei Gericht zehn Mark Geldstrafe wegen einer Ohrfeige zahlen mußte, die ich – wie sich das Gericht ausdrückte – ohne jede Veranlassung einem alten Schulfreund verabreicht hatte, schenkte ich weitere zehn Mark einem Bettler auf der Straße. Ich fand, zehn Mark war zu billig für ein wirkliches Vergnügen und für die Erfüllung eines großen Bedürfnisses.

Die Touristenfalle

Es ist keine gutbeleumdete Straße, in der sich das Geschäft des Juweliers Jaime Ramon befand. In einer engen Nebengasse gelegen, die von der breiten Avenue hinüberführte zu dem Vergnügungsviertel der Stadt, kamen am Tag nur wenige Leute vorbei, was hätten sie auch hier tun sollen? Die Tanzstätten und die zahlreichen Bars, Haus neben Haus, waren tagsüber geschlossen. Nur nachts, wenn ihre bunten Lichträder sich drehten, blau, grün, gelb und rot, um Unschlüssige zum liederlichen Geldausgeben zu verlokken, sah man ihren bunten, sich drehenden Schein weithin durch die gradlinige enge Gasse. Da eilten dann viele Menschen hindurch, vornehmlich Touristen, sie wählten diese abkürzende Nebengasse, die nur durch das Licht der Schaufenster einzelner Geschäfte erhellt wurde.

Am strahlendsten leuchtete die Auslage des Juweliers Jaime Ramon, und so geschah es oft, daß einer stehen blieb und sich dem Anblick der Juwelen und glitzernden Pretiosen hingab, mit dem Verlangen, sie zu besitzen. Denn eine gute Auswahl hatte er, der Juwelier in der Gasse der Wohltätigkeit, wie man den Namen der Straße auf deutsch übersetzen konnte, kostbare Stücke darunter, kleine Diamanten von einer Reinheit, die man nicht überall findet, dreischwingige Perlenketten wie aus einem Märchen, breite Armbänder aus Dukatengold, auch Trinkbecher mit einem echten Louisdor auf der Stirnseite . . . So lagen sie in der nächtlichen Auslage und sollten dazu dienen, das Interesse der wohlhabenden Fremden zu wecken, damit sie am nächsten Tag zum Einkauf kämen.

»Welches Stück findet Ihren besonderen Beifall?« fragte plötzlich ein etwas sonderbar anmutender Bursche, den Rockkragen hochgeschlagen, hemdlos, die Hände in der Tasche, Strohsandalen an den Füßen und eine der häßlichen billigen gelben Zigaretten im Mund. »Wählen Sie nach Belieben – jedes Stück im Fenster gehört Ihnen.«

Der distinguierte Fremde und die junge Frau, die vor dem Fenster stehen geblieben waren, kurz vor Mitternacht, blickten erschrocken auf das ein wenig angetrunkene Individuum, das mit dem Rücken gegen die Scheibe der Auslage lehnte und ihnen den Rauch seiner Zigarette ins Gesicht blies.

»Vielleicht dieses Diadem für Madame? Madame würde darin aussehen wie eine regierende Königin – ich möchte es ihr zum Geschenk machen, wenn es mir vergönnt wäre –«

»Lassen Sie uns ungeschoren!« sagte der Tourist und drängte seine Frau weiter. Er fühlte sich von hinten am Rock festgehalten.

»Die Nacht läuft nicht davon – Sie sollten die Gelegenheit wahrnehmen – Sie haben Glück, Madame, die Götter wollen es so!« Der Bursche fuhr mit der Hand in die Tasche seines verschlissenen Rockes und zog einen Bund Dietriche hervor, die in einer Schlinge aus rostigem Draht hingen. Er ließ sie durch die Luft kreisen, pfiff vor sich hin und prüfte das Gitter, das die Tür versperrte. »Leichte Arbeit!« sagte er zufrieden. »In fünf Minuten können Sie haben, was Ihr Herz begehrt – Sie können mir zuschauen, wie ich es aus dem Fenster nehme. Klopfen Sie an die Scheibe, wenn jemand kommen sollte – kein so schlechtes Reiseabenteuer für eine junge schöne Frau – also, was ist gefällig?«

Menschen auf Reisen sind anders als Menschen daheim. Nie wäre es William und Patricia, die sich auf ihrer Hochzeitsreise befanden, daheim eingefallen, länger an dieser verdächtigen Hausmauer zu stehen und zuzusehen, wie der Fremde jetzt das Gitter mit ein paar geschickten Griffen von der Wand löste, durch die Tür verschwand und sein Kopf sogleich, noch immer die gelbe Zigarette im Mund, in der erleuchteten Auslage auftauchte. Sie standen wie fasziniert vor dem Fenster und blickten unwillkürlich nach links und rechts, ob keiner käme. Sie waren, ohne sich darüber Rechenschaft abzulegen, zu Mittätern geworden, jederzeit bereit, ein Warnzeichen zu geben. Das Gesicht des Mannes im Fenster war verschwunden, nur seine Hände griffen nach den einzelnen Gegenständen. Es ging alles blitzschnell. Seine langen Finger deuteten auf dieses und jenes. Mit Kopfschütteln und Nicken gaben sie Antwort. Die goldene Tabatiere? Nein. Die Perlenkette mit dem Platinschloß? Nein. Dieser Ring? Die junge Frau vor dem Fenster blickte fragend zu ihrem Mann empor. Nein. Das Smaragdarmband? Der Mann vor dem Fenster schüttelte den Kopf und bemerkte nicht, daß die Frau neben ihm genickt, ein Einverständnis mit dem Einbrecher hergestellt hatte und ihre Augen nicht mehr von dem kostbaren Schmuckstück ließ. Der Mann im Fenster hob das Armband von dem dunklen Samt hoch und hielt es näher zum Licht.

»Was er wohl dafür verlangen wird?« fragte Patricia.

»Wie stellst du dir das vor? Wir können doch unmöglich –«

»Morgen früh verlassen wir die Insel, William – wäre es nicht sehr romantisch? Schließlich sind wir auf der Hochzeitsreise –«

»Fünfzigtausend«, verlangte das Individuum von ihnen, die Hälfte des Preises, mit dem das Armband ausgezeichnet war. »Rechnen Sie es in Ihre Währung um, Sie haben kein Risiko. Ich gehe mit Ihnen zur Plaza de Cort. Sie geben mir das Geld erst dort unter der großen Laterne, gute Geschäfte soll man nur bei Licht abschließen.«

Sie folgten aufgeregt dem Fremden und tauschten Geld und Schmuck unter der großen Laterne. Als sie aufblickten, war der Einbrecher wie vom Erdboden verschwunden. Der Schmuck war echt, wie William und Patricia später daheim feststellten. Es war ein gerechter Preis, den sie dafür bezahlt hatten. Kein Gelegenheitskauf, das allerdings nicht.

Warum auch? Der Juwelier Jaime Ramon in der Gasse der Wohltätigkeit mußte ja leben. Es war für ihn kein Leichtes, Nacht für Nacht in der Maske des Einbrechers vor dem eigenen Geschäft zu stehen und den Touristen um Mitternacht Schmuckstücke aus dem eigenen Fenster zu verkaufen.

Ich sagte schon, tagsüber kamen wenig Leute vorbei. Aber nachts, mit seinem Einbrechertrick auf die Abenteuerlust der Touristen spekulierend, hemdlos, den Rockkragen hochgeschlagen und mit der häßlichen gelben Zigarette im Mund machte der Juwelier Jaime Ramon ganz gute Geschäfte.

Der Mann vorm Kamin

Es war Montagmorgen, zehn Uhr.

Vor dem Kamin des einsam gelegenen Landhauses saß ein Mann und frühstückte. Er saß im weißen Bademantel und frühstückte ausgiebig. Zwischen jedem Bissen trank er einen Schluck Burgunder, und gerade hatte er eine neue Schallplatte aufgelegt, als es an der Tür klopfte und ein Mann eintrat.

Er entschuldigte sich vielgesichtig. »Ich bitte tausendmal um Verzeihung – ich fand die Haustür offen – habe ich die Ehre mit dem Hausherrn, Herrn Generaldirektor Bahar?«

Der Mann am Kamin sah ärgerlich auf. »Ja. Sie wünschen?«

»Nagel ist mein Name. Nagel von Nagel und Sohn, Installationen.«

»Das sagt mir nichts.«

»Da wäre noch eine kleine Restschuld von vierhundert Mark, vom vorigen Jahr, Herr Generaldirektor –«

»Schon gut, ich werde Ihnen den Betrag von meinem Büro überweisen lassen.«

Der Installateur trat bescheiden einen Schritt näher. »Das wurde mir schon zweimal schriftlich versprochen, Herr Generaldirektor, aber leider, leider – ich dachte, es regelt sich schneller, wenn ich Sie direkt aufsuche. Ich habe damit zugleich, wenn ich mich so ausdrücken darf, die Freude, einen meiner Kunden persönlich kennenzulernen –«

»Finden Sie Ihre Art des Inkassos nicht recht aufdringlich, Herr –«

»Nagel, von Nagel und Sohn, Installationen.«

»Finden Sie diese Art nicht recht aufdringlich?«

»Wohl wahr, Herr Generaldirektor«, sagte der Installateur und nickte dazu, »aber dies gehört leider zu meinem Beruf bei Kunden, die es mit dem Auftrag sehr eilig haben und sich hinterher mit dem Bezahlen Zeit lassen. Ihre Rechnung steht weit über ein Jahr offen, Herr Generaldirektor.«

»Verschwinden Sie und schreiben Sie mir! Ich bin heute zufällig aus der Stadt herausgekommen und habe kein Geld bei mir.«

»Das macht nichts«, sagte der Installateur höflich, denn er wußte, welchen Respekt er seinen Kunden schuldig war. »Ich habe auch dies vorausgesehen. Ich hoffte indessen, wir könnten es unter uns direkt erledigen, ehe ich den Gerichtsvollzieher, der Sie ja persönlich kennt und der draußen vor der Tür wartet, hereinbitte, seines Amtes zu walten.«

Der Mann am Kamin sprang so heftig auf, daß die Weinflasche vom Tisch fiel. Mit einem Ruck stellte er die Schallplatte ab und schrie: »Das ist eine Dreistigkeit ohnegleichen! Da – hier – nehmen Sie Ihre vierhundert Mark und lassen Sie sich nie wieder sehen!«

Nicht alle, die aufs Land fahren, tun es aus Urlaubsgründen, um sich in Sonne und Luft zu erholen. Es gibt eine ganze Gilde, die nur zu dem Zweck, ihren Lebensunterhalt zu erlangen, die Reise auf die Dörfer antritt und vor allem die abseits gelegenen Villen besucht. Erwin Klaue gehörte zu ihr, ein Mann, der noch in den Anfängen seiner Kunst stand, unbewohnten Landhäusern einen Besuch abzustatten und zu sehen, was sich dort vorfindet: silbernes Tafelgeschirr, orientalische Teppiche, hölzerne Heilige aus dem 16. Jahrhundert – das ist so die Beute, die leicht zu Geld zu machen ist und für die sich das Übers-Land-Streichen schon lohnt.

Erwin Klaue, vierzig, trug bei seinem heutigen Einbruch

bare fünfhundert Mark in seiner Brieftasche, und das ist übrigens einer der Grundsätze in der zeitgemäßen Ausübung dieses Berufes: stets während der Arbeit bares Geld bei sich zu tragen. Einem Mann mit gefüllter Brieftasche glaubt man leichter, er habe sich beim Einstieg in ein einsames Landhaus geirrt oder er wolle sich nur einen Jux machen. Wehe dem Einbrecher, der mit leeren Taschen bei seiner Arbeit erwischt wird, mit seinesgleichen macht man nicht viel Federlesens bei der Polizei.

Das Eindringen in das Haus des Generaldirektors war ein Kinderspiel gewesen. Ein einfacher Dietrich hatte genügt, die Tür aufzusperren. Da das Haus einsam gelegen war, brauchte sich der Einbrecher bei seiner Arbeit nicht zu beeilen. Er nahm zunächst nach den heutigen Usancen der Villenknacker, wie man überall liest, ein warmes Bad, hüllte sich dann in den weichen weißen Frottiermantel des Hausherrn, fand in der Speisekammer eine Hartwurst, im Keller eine Flasche Burgunder, machte sich mehr zum Spaß ein kleines Feuer im offenen Kamin, wie es ihm sein Übermut eingab, und legte sogar eine Langspielplatte auf, um eine Art Tafelkonzert bei seinem gemütlichen Frühstück zu haben.

»Ihr könnt euch vorstellen, daß ich nicht schlecht erschrocken bin, wie plötzlich ein Mann in der Tür stand und bares Geld von mir für eine alte Schuld verlangte«, erzählte Erwin Klaue von der Gilde der Villenknacker später seinen Freunden. »Seit Wochen hatte ich das verlassene Landhaus beobachtet, seit Wochen war kein Mensch dorthin gekommen. Ich stieg also mit bestem Gewissen ein, und da muß doch plötzlich dieser geldgierige Handwerker, dieser vom dummen Zufall geschickte Installateur kommen, nur weil der Hausbesitzer seine Rechnung nicht bezahlt hatte! Was blieb mir übrig? Zum Glück hielt er mich in meinem Bademantel für den Hausherrn, und ich natürlich, nachdem mich der Kerl ja gesehen hatte und beschreiben konnte, sofort getürmt, ohne etwas mitzunehmen! Also die ganze Arbeit umsonst und noch bare vierhundert Mark Schaden dazu!«

Das Tollste dieser Geschichte aber kommt erst. Der Hausherr, der kein Hausherr war, wurde von einem Handwerker, der kein Handwerker war, geschröpft. Der Installateur war der Hausherr selbst gewesen, Herr Generaldirektor Bahar.

»Eine großartige Idee, lieber Bahar! Sie haben sich also für den Handwerker ausgegeben, der sein Geld eintreibt?«

»Was sollte ich denn tun?« sagte der Generaldirektor lachend. »Ich finde in meinem Landhaus vor meinem Kamin einen Einbrecher in meinem Bademantel. Der Kerl ist groß und stämmig, vielleicht hat er auch eine Waffe bei sich – da habe ich einfach so getan, als ob ich ihn für den Hausherrn hielte, der gerade frühstückt.«

»Und kommen mit diesem Einfall noch zu unverdienten vierhundert Mark.«

Der Generaldirektor nickte: »Ich habe dieses Geld gut angelegt. Ich habe meine Einbruchdiebstahlsversicherung damit wesentlich erhöht und auf etliche Jahre vorausbezahlt. Denn eingebrochen werden kann täglich, aber nicht jedesmal kommt man rechtzeitig dazu, und nicht jedesmal hat man einen so guten Einfall.«

Zwischenfall in der Bondstreet

Ich liebe es nicht, Kriminalgeschichten zu erzählen. Sie gehen alle über einen Leisten: der Täter, die Tat, die Verfolgung, die Strafe. Wenn ich von meinem Vorsatz diesmal abweiche, so liegt die einzige Begründung in der Unverfrorenheit eines gutaussehenden Mannes, der, noch jung an Jahren, einen der teuersten Juwelierläden in der Bondstreet betrat und ohne Umschweife die dort allein angetroffene Verkäuferin, eine Dame von gepflegtem Aussehen, fragte: »Ich nehme an, Sie halten mit?«

Die Angesprochene sah ihn befremdet an. »Wovon sprechen Sie?«

»Ihr Chef hat einen überaus wertvollen Smaragdschmuck zum Verkauf, eine Halskette, ein Armband, Ohrringe, einen Taschenbügel, eine Nadel und einen Ring. Der Schmuck stammt aus einer Erbschaft.«

»Interessieren Sie sich für diesen Schmuck?«

Der Fremde im modernen grauen Einreiher, in weißem Hemd und stahlblauer Krawatte, eine rote Rosette im Knopfloch, lächelte und stellte die Gegenfrage: »Sie genießen hier eine Vertrauensstellung?«

»Ich bin seit siebzehn Jahren Einkäuferin bei Mr. Brownstone.«

»Das trifft sich prächtig. Dann sind Sie über jeden Verdacht erhaben.«

Madame Brissard, Witwe, Französin, ungefähr vierzig, war der Fremde unheimlich. Sie mißtraute ihm, trotzdem er das Aussehen eines guten Kunden hatte, wohlsituiert, wenn man dies aus seiner goldenen Tabatière und dem goldenen Feuerzeug schließen durfte, mit dem er sich gerade eine Zigarette anzündete.

Dann sagte er: »Ich habe nicht ohne Absicht diese Stunde gewählt, wo ich Sie allein im Geschäft wußte. Ich habe über Sie Erkundigungen eingezogen. Es war nicht leicht. Sie haben einen so guten Ruf, daß man über Sie nichts zu erzählen wußte. Dann aber habe ich Ihren dunklen Punkt entdeckt. Sie haben aus der Zeit vor Ihrer Ehe einen ledigen Sohn im Internat, der sich auf sein Abitur vorbereitet. Er möchte gern studieren. Wird Ihnen das möglich sein?«

»Das ist meine eigene Sache!« sagte Madame Brissard abweisend.

»Vielleicht kann ich Ihnen dazu verhelfen, daß Ihr Sohn eines Tages ein berühmter Arzt oder ein bekannter Anwalt sein wird. Passen Sie auf! Der Smaragdschmuck liegt hier im Safe. Er ist mit zweimal fünfzehntausend Pfund versichert, einmal die Halskette allein, einmal der Rest. Ich komme als Kunde und lasse mir den Schmuck vorlegen und benehme mich dabei auffallend verdächtig. Bei meinem Weggehen ist die Halskette verschwunden. Ich lasse mich verhaften. Bei mir wird nichts gefunden. Denn in Wirklichkeit haben Sie den Schmuck an sich genommen, auf Sie fällt kein Verdacht. Was sagen Sie zu meinem Vorschlag?«

Madame Brissard sagte nichts.

Am Nachmittag des gleichen Tages betrat ein Herr im grauen Einreiher, in weißem Hemd und stahlblauer Krawatte, eine rote Rosette im Knopfloch, den Laden in der Bondstreet und fragte nach dem Smaragdschmuck. Mr. Brownstone, ein Herr von ungefähr fünfundsechzig, in den letzten Jahren nicht sehr vom Glück begünstigt, da die Umsätze von Jahr zu Jahr schwächer wurden, ging zum Safe hinüber und rief Madame Brissard zu sich, wie er es seit zehn Jahren zu tun pflegte, denn vier Augen sehen mehr als zwei, und Madame Brissard hatte einen guten Blick für die Kunden und wußte meist vorher, ob es sich um einen ernsthaften Interessenten handelte oder um einen Teil jener Kundschaft, die sich überall etwas zeigen läßt, ohne die Mittel zu besitzen, etwas zu kaufen.

Madame Brissard grüßte höflich, ohne erkennen zu lassen, daß sie den Fremden kannte. Sie machte dem Juwelier ein verstecktes Zeichen, daß es hier angebracht sei, Vorsicht walten zu lassen und die Aufmerksamkeit zu verdoppeln.

Mr. Brownstone legte die sechs Teile des Schmucks auf ein schwarzsamtenes Tuch und nannte den Preis. »Der Schmuck stammt aus einer Erbschaft, ein überraschend günstiges Angebot – dreißigtausend Pfund.«

»Ich pflege in solchen Fällen immer eines zu fragen«, sagte der Fremde. »Wenn ich in Verlegenheit wäre und gezwungen, Ihnen den Schmuck zum Rückkauf anzubieten, welchen Betrag würden Sie mir zahlen?«

»Selbst ein Wegelagerer würde Ihnen den vollen Preis zurückzahlen. Das Halsband allein mit seinen zwanzig großen Steinen ist die Summe wert. Darf ich die Kette einmal, damit sie zu ihrer vollen Wirkung kommt, meiner Mitarbeiterin anlegen?« Er tat es ohne Eile und mit Sorgfalt und stellte mit Genugtuung fest, daß das Interesse des Kunden stieg. Dann löste er das Schmuckstück wieder vom Hals Madame Brissards und überreichte es dem Kunden. »Betrachten Sie bitte das Stück in seiner Verarbeitung. Eine solche wird heute gar nicht mehr hergestellt.«

Der Fremde nahm das Halsband in die Hand, machte eine schnelle Drehung zum Fenster, so daß nur sein Rükken zu sehen war, und betrachtete den Schmuck eingehend. Dann trat er zum Tisch zurück und legte die Halskette zu den übrigen Stücken. »Ich nehme an, Sie wollen den Betrag in bar?« fragte er.

»Es ist so üblich.«

»Ich werde zurückkommen. Erwarten Sie mich morgen. Für heute nehme ich nur einen goldenen Bleistift mit. Wenn Sie mir bitte etwas vorlegen wollen?«

Madame Brissard bückte sich und holte die Kassette mit den goldenen Bleistiften hervor, die sie auf den Tisch stellte. Der Kunde trat interessiert näher, zeigte sich ein wenig ungeschickt, die Kassette fiel zu Boden, alle sprangen hinzu, die Stifte aufzuheben. Der Fremde entschuldigte sich wortreich für sein Ungeschick, wählte einen Bleistift für fünf Pfund, zahlte und verließ den Laden.

»Ein sonderbarer Heiliger!« sagte Mr. Brownstone. »Glauben Sie, daß er wiederkommen wird?«

»Nein«, sagte Madame Brissard. Ihre Stimme klang nervös. »Ich hatte von vornherein kein gutes Gefühl bei ihm.«

»Haben Sie den Schmuck ins Safe zurückgelegt?«

»Ja. Bis auf das Halsband.«

»Was ist mit dem Halsband?«

»Sie haben es dem Kunden aus der Hand genommen.«

»Und auf den Tisch gelegt.«

»Während ich die Kassette mit den Bleistiften hervorholte.«

»Was bedeutet das? Wo ist die Kette?«

»Verschwunden!«

»Sie meinen: gestohlen?«

»Wir wollen froh sein, daß der Schmuck hoch versichert ist.«

Mr. Brownstone fuhr sie an: »Ich kann mir doch nicht einfach einen Schmuck stehlen lassen!«

»Wollen Sie ihm hinterherjagen?« fragte Madame Brissard leise, nicht ohne Ironie. »Er ist längst über alle Berge.«

In diesem Augenblick öffnete sich die Tür.

Der Fremde im grauen Einreiher trat wieder ein. »Ich habe meine Handschuhe bei Ihnen vergessen«, sagte er freundlich.

»Handschellen! Handschellen!« schrie der Juwelier fassungslos. »Herr! Die Halskette ist verschwunden!«

Der Fremde lächelte: »Haben Sie mich in Verdacht?

Bitte, dort drüben auf der Straße steht ein Schutzmann. Holen Sie ihn herein!«

»Das werde ich auch tun!« rief der Juwelier wütend, lief zur Tür und bemerkte dadurch nicht, daß Madame Brissard mit dem Fremden einen Blick tauschte und ihm zunickte.

Man mußte den Fremden gehen lassen und sich bei ihm entschuldigen. Der Schmuck wurde nicht gefunden. Man durchforschte vergeblich das nahegelegene Hotelzimmer, in dem er abgestiegen war. So war alles so gegangen, wie es besprochen und vorgesehen war.

Am nächsten Abend, kurz nach zehn Uhr, läutete es zu Hause bei Madame Brissard. Sie öffnete.

Der Fremde stand draußen.

»Woher haben Sie meine Adresse?« fragte sie erschrokken.

»Eine einfache Vorsichtsmaßnahme«, sagte der Fremde und verbeugte sich höflich. »Ich habe ein paar Blumen mitgebracht, um Ihnen zu dem grandiosen Gelingen zu gratulieren. Sie haben das großartig gemacht. Wo ist der Schmuck?«

»Welcher Schmuck?«

»Die Halskette mit den Smaragden!«

»Ich habe sie nicht.«

»Keine Geschichten! Ich bin in Eile!«

»Ich habe sie wirklich nicht. Sie haben sie doch an sich genommen. Als die Kette nicht mehr auf dem Tisch lag, stand es für mich fest, daß Sie sie an sich genommen haben. So war es doch auch?«

Der Fremde ließ sich nicht aus der Fassung bringen. »So haben wir nicht gewettet, verehrte Madame! Ich habe mich an unsere Vereinbarung gehalten. Sie werden es auch tun und mir den Schmuck jetzt ausliefern!«

»Aber ich habe ihn nicht!«

»Sie lügen! Warum haben Sie mir dann zugenickt? Das bedeutete doch, daß Sie die Kette hatten?«

»Genau umgedreht! Ich habe Ihnen zugenickt, weil ich der Meinung war, daß Sie den Schmuck an sich genommen haben.«

»So kommen Sie mir nicht aus!« sagte der Fremde wütend. »Wenn ich auch im Augenblick gegen Ihre Frechheiten machtlos bin, so werde ich wenigstens dafür sorgen, daß Sie den Schmuck nicht zu Geld machen können. In der Minute, wo der Schmuck auftaucht, bin ich bei Ihnen, und dann gnade Ihnen Gott!«

Ja, das war es, weswegen ich diese Gaunergeschichte erzählte: Die Frau, die über jeden Verdacht erhaben war, hatte den Schmuck nicht. Oder sagte sie nur so? Der Berufsverbrecher, der sich verdächtig gemacht hatte, besaß ihn auch nicht. Oder sagte er nur so? Wer hatte ihn dann? Der Passant, der draußen am Fenster vorbeigegangen war? Das Lehrmädchen, das in der Werkstatt Staub wischte, Goldstaub wischte? Hatte ihn eine Maus ins Versteck gezerrt, eine Spinne in ihr Netz gesponnen?

Da die Kette verschwunden blieb und nicht mehr zum Vorschein kam, zahlte die Versicherungsbank fünfzehntausend Pfund. Dem alten Mr. Brownstone kam das bare Geld sehr gelegen. Er zahlte damit seine dringendsten Schulden, und von diesem Tag an ging es wieder mit ihm aufwärts, sein Umsatz wuchs, er machte neue Ersparnisse, und als die fünfzehntausend Pfund wieder rund waren, trug er sie zu seiner Versicherungsbank und sagte: »Die Kette hat sich wieder gefunden. Ich werde alt. Meine Augen machen nicht mehr mit. Ich habe sie einfach nicht gesehen, damals, als es passierte, wie ich sie ganz in Gedanken in ein geheimes Fach legte. Ich habe mich auch nicht daran erinnert. Hier ist Ihr Geld zurück. Damit es nicht wieder passiert, habe ich heute meinem Sohn das Geschäft in der Bondstreet übergeben.«

Da hielt es die Bank so, wie es alle Banken in England halten: Sie sah dem reuigen Sünder seine Kurzsichtigkeit nach, denn auf der Bondstreet passieren keine Dinge, die nicht geschehen dürfen. Sie drückten dem alten Mr. Brownstone die Hand und sagten: »Wir bedauern aufrichtig, in Ihnen einen alten und treuen Kunden einzubüßen. Wir haben gern für Sie gearbeitet, Mr. Brownstone.«

Ein kleiner Koffer aus rotem Leder

Der Nachtexpreß näherte sich der Grenzstation. Sie sah auf die Uhr. Dann stand sie auf, nahm ihren kleinen rotledernen Koffer aus dem Gepäcknetz und trat auf den Gang.

»Darf ich Ihnen das Fenster öffnen, gnädige Frau?«

Sie drehte sich erstaunt um.

Ein Herr stand vor ihr. Lachte, ein wenig verlegen. »Verzeihen Sie meine vielleicht etwas aufdringliche Hilfsbereitschaft«, sagte er, »aber seit Paris warte ich auf eine günstige Gelegenheit, mit Ihnen bekannt zu werden.«

»Und das Fenster soll Ihnen dazu verhelfen?«

»Ich hoffe es, gnädige Frau.«

Sie schwieg, sah aus dem Fenster. Der Zug verlangsamte seine Fahrt. Plötzlich drehte sie sich schnell um: »Wollen Sie mir eine große Gefälligkeit erweisen?«

»Mit Vergnügen.«

»Dann nehmen Sie bitte diesen kleinen Koffer und legen ihn zu Ihrem Gepäck. Ich muß auf der nächsten Station einige Depeschen aufgeben und möchte mich daher nicht mit der Zollrevision aufhalten. Ich habe sonst nichts bei mir als diesen Koffer, der einige Toilettengegenstände enthält.«

Der Herr nahm den Koffer entgegen und trug ihn in sein Abteil.

»Legen Sie ihn bitte hinter Ihren großen Koffer!« bat sie. »Vielleicht haben wir Glück, und er fällt nicht auf. Ich habe es nicht gern, wenn an der Grenze fremde Männer meine Sachen durchwühlen.«

Der Herr kam ihrem Wunsch nach. »Ist es Ihnen so recht?«

»Ja«, lachte sie, »ich danke Ihnen.«

»Im Gegenteil. Ich habe Ihnen zu danken, gnädige Frau, für Ihr Vertrauen.«

Der Zug lief auf der Station ein. Der Herr ging in sein Abteil zurück. Als der Zug endlich hielt, öffnete die Dame schnell die Tür, lief über den Bahnsteig und eilte zur Sperre.

Ein Beamter hielt sie auf: »Ihren Paß, gnädige Frau!«

Sie öffnete die Handtasche und hielt das Papier nachlässig hin.

Der Beamte faltete es sorgfältig auseinander, verglich Bild und Unterschriften. Dann drehte er sich um und gab ein unauffälliges Zeichen nach hinten.

»Ist mein Paß nicht in Ordnung?«

»Doch, gnädige Frau.« Er gab ihr den Paß zurück. »Danke sehr.«

Sie eilte durch die Sperre. Plötzlich standen zwei Herren neben ihr. »Annette Vanet?«

»Ja, Sie wünschen?«

»Bitte folgen Sie uns unauffällig. Kriminalpolizei.«

Sie versuchte zu lächeln. »Ich verstehe nicht . . .«

Sie traten in einen kleinen Raum.

»Wir haben heute einen Drahtbericht aus Paris bekommen«, sagte der Kommissar, »daß Sie die geraubten Juwelen aus dem letzten Einbruch in der Rue de la Paix über die Grenze bringen. Wo haben Sie Ihr Gepäck?«

Sie gab keine Antwort.

»Wir raten Ihnen in Ihrem Interesse, uns nicht zu zwingen, Sie zu verhaften. Wo ist Ihr Gepäck?«

»Ich finde es empörend, wie man als alleinreisende Dame behandelt wird. Außerdem habe ich kein Gepäck. Oder glauben Sie, daß ich ein Ihrer Meinung nach so wertvolles Objekt allein im Abteil liegen lassen würde?«

»Das werden wir in Kürze wissen«, sagte der Kommissar. »Zwei von unseren Beamten durchsuchen den Zug. Inzwischen müssen wir Sie bitten, sich einer Leibesvisitation durch Frau Dupont unterziehen zu lassen.«

Frau Dupont war verständigt. Die Herren verließen den Raum. Vor der Tür warteten zwei Kriminalbeamte. »Wir haben den Zug durchsucht, Herr Kommissar«, meldeten sie, »der gemeldete rote Koffer hat sich nirgends gefunden.«

»Sind die Polster der zwei Wagen erster Klasse auch rückwärts untersucht?«

»Ja, alles ist geschehen.«

»Dann können wir wohl mit Sicherheit annehmen, daß die Leibesvisitation etwas zutage fördert.«

Die Tür wurde geöffnet. Frau Dupont sagte: »Es hat sich nichts gefunden.«

Der Kommissar stieß ärgerlich hervor: »Dann bleibt uns diesmal nichts übrig, da wir keinen Haftbefehl haben, als uns bei der Dame zu entschuldigen.«

Der Zug setzte sich in Bewegung. Am Fenster eines Abteils erster Klasse lehnte Annette Vanet. Sie rauchte eine Zigarette und blies den Rauch spöttisch vor sich hin. Dann betrat sie das Abteil ihrer kurzen Reisebekanntschaft.

Der Herr stand höflich auf und bot ihr den Fensterplatz. »Haben Sie Ihre Angelegenheiten gut geregelt?«

»Danke«, lachte sie, »alles ging, wie ich erwartet hatte. Übrigens – meinen Koffer hat man wohl nicht gefunden?«

»Nein, trotzdem man zweimal hier war und sogar die Polster durchsuchte.«

»Fabelhaft. Wo haben Sie ihn versteckt?«

»Ich hatte ihn nicht versteckt!«

»Sondern?«

»Ich habe ihn schon, bevor wir auf der Station einliefen, aus dem Fenster geworfen.«

Die Dame sprang erschrocken auf. »Um Himmels willen! Die Juwelen!«

Der Herr lächelte. »Die Juwelen sind in Sicherheit. Die habe ich vorher herausgenommen, gnädige Frau, und werde sie wohlverwahrt nach Paris zurückbringen. Denn schließlich bin ich ja nur deswegen im Auftrag der beraubten Pariser Firma mitgefahren. Und Ihnen persönlich, gnädige Frau, wird es wohl immer noch lieber sein, mit leeren Händen nach Paris zurückzukommen als mit gebundenen.«

Jede Minute ist kostbar

Ich war Gast im fremden Wagen. Mein Nachbar hatte mich über Land mitgenommen. Er saß mit Frau und Kind im Wagen und hatte es überaus eilig. Wir näherten uns einer kurzen, kurvenreichen Strecke. Ein Warnschild nach dem andern. »Höchstgeschwindigkeit 30 Kilometer«, stand auf einem. Mein Nachbar nahm den Fuß nicht vom Gashebel.

»Achtzig ...«, lese ich erschrocken auf dem Tachometer, »achtzig ... neunzig ... hundert ...« Ich nehme allen Mut zusammen. »Weniger Gas!« sage ich.

»Haben Sie Angst?«

»Die Kurven!«

Mein Nachbar lacht: »Ich habe es eilig. Es kommt auf jede Minute an.«

Das ist ein Argument. Ich sage nichts mehr. Ich mache die Augen zu und erwarte mein Schicksal.

Es ist noch einmal alles gut gegangen.

Als wir weiterrollen, frage ich wie nebenbei: »Wie alt sind Sie?«

»Dreißig«, sagt mein Nachbar.

»Da haben Sie das Leben noch vor sich! Noch mindestens zwanzig Millionen Minuten!«

»Ich rechne fest damit«, sagt er.

»Wie alt ist Ihre Frau?«

»Zweiundzwanzig.«

»So herrlich jung! Da hat sie voraussichtlich noch fünfundzwanzig Millionen Minuten zu leben. Und wie alt ist Ihr Kind?«

»Der Fratz? Vier Jahre«, sagt er und lacht dem Kind glücklich zu.

»Vier Jahre! Wie beneidenswert! Fünfunddreißig Millionen Minuten Leben liegen noch vor ihm!«

»Das möchte auch sein«, sagt er und sieht mich mit dummem Gesicht an. »Warum erzählen Sie mir das alles?«

Ich sage: »Weil ich nicht verstehen kann, daß ein vernünftiger Mensch durch zu schnelles, unvorsichtiges Fahren zusammengerechnet achtzig Millionen kostbarer Minuten riskiert, um eine einzige Minute zu gewinnen . . .«

Zwischenfall in Verona

Ich fahre öfter von Wien nach Rom und kenne daher gut die Zugverbindungen und wie man sich die lange Reise angenehm gestalten kann. Diesmal aber hatte ich es schlecht getroffen. In mein leeres Abteil erster Klasse war ein Ballettmeister aus Paris zugestiegen, ein Monsieur Dudurand, der unbedingt darauf bestand, mich in die Geheimnisse des klassischen Balletts einzuweihen und mir die berühmten Schritte vorzutanzen. Schon nach einer Stunde, kurz vor Linz, wußte ich Bescheid über den Pas de deux, über das Dégagez nach vorn und über das Dégagez nach hinten, über die berühmten klassischen Complimente, die die Dame fast ohne Bewegung des Oberkörpers mit einem angedeuteten verlegenen Knicks entgegennimmt. Ja, ich mußte mich, wollte ich nicht als unhöflicher Reisegefährte erscheinen, unter seinen charmanten Redefällen von meinem Sitz erheben, die Schritte erst im Solo üben, um später ihm gar noch die Partnerin abzugeben. Ich gestehe, daß mir diese albernen Späße, denen ich mich nicht entziehen konnte, höchstes Unbehagen einflößten und mir den französischen Ballettmeister, je mehr er sich um meine Sympathie bemühte, desto unsympathischer werden ließen. Aber ich machte gute internationale Miene zum bösen Spiel, brütete freilich insgeheim bereits einen Racheplan aus, mich für die gestörte Nachtruhe zu entschädigen.

Der Rom-Expreß lief in Verona ein. Aus meinen früheren Reisen – ich hatte diesen Zug zum letztenmal erst vor vierzehn Tagen benützt – wußte ich, daß wir in Verona einen Aufenthalt von vierzig Minuten hatten, ehe der Zug nach Rom weiterfuhr. Ich wußte sogar noch mehr. Der Zug aus Wien lief auf Gleis 2 ein, hielt dort eine halbe

Stunde, fuhr dann aus der Halle, um rückwärts wieder auf Gleis 6 einzulaufen, von wo er nach fünf Minuten seine Fahrt nach Rom fortsetzte. Darauf baute ich meinen Plan.

Ich wollte Monsieur Dudurand einen kleinen Schreck einjagen, indem ich mit ihm während der halben Stunde des Zugaufenthaltes den Bahnhof verließ, Köstlichkeiten des Landes einzuhandeln, Trauben, Nüsse, Salami, Süßigkeiten, Wein – um mit ihm just in dem Augenblick zurückzukommen, wo der Zug das Gleis 2 verließ, um rückwärts auf Gleis 6 einzufahren, was Monsieur Dudurand ja nicht wissen konnte, ihm also vorzugaukeln, daß wir zu spät gekommen seien und der Zug mit unseren Koffern – ich selbst hatte ein gerade fertiggestelltes Drehbuch für Rom im Gepäcknetz liegen – ohne uns abgefahren sei. Es gelang. Wir kamen just in dem Augenblick auf den Bahnsteig 2, als der Zug sich in Bewegung setzte und aus der Halle rollte.

»Um Gottes willen!« schrie ich heuchlerisch auf. »Unser Zug! Sehen Sie! Dort fährt er!«

»Nein! Mein Gepäck! Meine Papiere!«

»Zu spät!« sagte ich dumpf.

Und jetzt kam das, worauf ich wartete, wenn er dann in wenigen Minuten noch immer atemlos mit dem Zug auf Gleis 6 einfuhr und ich gemütlich zu ihm ins Abteil steigen würde: Er warf alles, was er gerade eingekauft hatte, zu Boden und rannte, was er konnte, stolpernd und stürzend, bei Gott nicht in klassischen Ballettschritten, hinter dem Zug her, verlor seinen Hut, sein Halstuch ... Er lief und lief hinter dem blauen Schlußlicht her, und ganz draußen, auf den letzten Metern des Bahnsteiges, gelang es ihm, sich auf den letzten Wagen zu schwingen und einzusteigen.

Ich lachte, daß mir die Tränen über die Wangen rollten. »Haben Sie gesehen, wie er dem Zug nachgelaufen ist?« fragte ich den Fahrdienstleiter, der den leeren Bahnsteig herunterkam, und lachte noch immer aus vollem Halse.

»Aber er hat ihn noch erreicht!« sagte der Fahrdienstleiter nicht ohne Anerkennung.

»Zugegeben!« lachte ich. »Aber der Zug kommt ja noch einmal rückwärts auf Gleis 6 in die Halle.«

Der Fahrdienstleiter sah mich groß an und sagte: »Nicht mehr seit einer Woche! Seit einer Woche fährt er direkt von diesem Bahnsteig nach Rom weiter.«

»Sie haben genug gearbeitet in Ihrem Leben ...«

Gestern früh hatte man ihn in das Direktionszimmer gebeten. Die drei Direktoren in ihren korrekten Anzügen, alle jünger als er selbst, hatten ihn aufgefordert, Platz zu nehmen.

»Wir wollen Sie nicht lange auf die Folter spannen, Herr Bergmeister. Wie viele Jahre sind Sie jetzt bei unserer Firma?«

»Ich feiere nächstes Jahr mein dreißigjähriges Jubiläum.«

»Haben Sie nie daran gedacht, sich zu verändern? Zu einer anderen Firma zu gehen, wo sich Ihnen eine größere Chance bietet?«

»Mit meinen achtundfünfzig Jahren?«

»Was hat das bei Ihnen zu sagen? Sie sind gesund, rüstig, haben eine große Erfahrung, die Sie sich bei uns aneignen konnten . . .«

»Mit achtundfünfzig findet man nicht so leicht einen neuen Posten. Warum fragen Sie das alles?«

»Wir sind im Augenblick mit einer Reorganisation unseres Betriebes beschäftigt. Wir haben neue moderne Maschinen bestellt. Unser Betrieb ist ein wenig überaltert. Die jungen Menschen wollen auch einmal an die Reihe kommen, sie wollen eine Familie gründen, heiraten, Kinder haben, das können sie natürlich nur, wenn wir ihnen eine Aufstiegschance bieten. Das ist selbstverständlich nicht gegen Sie gemünzt, Herr Bergmeister, es sind rein prinzipielle Fragen, um die es geht.«

»Mit anderen Worten?« Er verschluckte sich, ein kurzer Hustenanfall, wie er ihn in der letzten Zeit häufiger überfiel. Er mußte darum die drei Worte wiederholen, und seine Stimme klang brüchig: »Mit anderen Worten?«

»Wir haben Ihnen einen Brief geschrieben. Wollen Sie sich wirklich wie ein alter Gaul zu Tode rackern? Jetzt haben Sie noch etwas von Ihrem Lebensabend, Sie haben genug gearbeitet in Ihrem Leben, wäre es nicht an der Zeit, es sich ein wenig leichter zu machen?«

Das war gestern gewesen. Er hatte es seiner Frau noch nicht gesagt. Er war nach Hause gekommen, wie jeden Abend, hatte seine Jacke über einen Stuhl gehängt und war in den Garten gegangen, zu seinen Rosen. Als Anna ihn dann zum Abendessen ins Haus rief, schnitt er die schönste seiner Rosen, eine »First love«, und legte sie neben den Teller seiner Frau. »Ich habe eine Überraschung für dich, Anna. Wir werden morgen mit unserem Wagen einen Ausflug machen.«

»Morgen? Am Donnerstag?«

»Ich habe ein paar Tage frei bekommen.«

»Mitten in der Woche?«

Sollte er ihr antworten, daß er jetzt jeden Tag in der Woche »frei haben« würde, daß man ihn entlassen hatte, von heute auf morgen, in allen Ehren natürlich, ein Jahr mit dem vollen Gehalt, wozu sie nicht verpflichtet waren? Abgebaut wegen Überalterung, so wie man einen alten Wagen tauscht gegen einen neuen. Vielleicht ist der neue ein wenig wendiger und sieht repräsentativer aus, mit Menschen mag es ähnlich sein, er hatte sich noch nie Gedanken darüber gemacht, bis gestern, wo es ihn traf. Auf dem Heimweg und draußen im Garten hatte er darüber nachgedacht, wie er es seiner Frau beibringen sollte. Denn das war das Schlimmste, seiner Frau sagen zu müssen: »Sie brauchen mich nicht mehr. Ich bin zu alt für sie.« Das geht wohl allen Menschen so, der eigenen Frau und den Kindern zu gestehen: »Schaut mich an! Ich gehöre zum alten Eisen!« Und auch dies, die Folgerung: »So weit hat es euer

Vater nicht gebracht, in seinem ganzen Leben nicht, daß nicht ein anderer von heute auf morgen seinen Platz einnehmen könnte.«

Jetzt saßen sie in ihrem kleinen Wagen, auf einer Gebirgsstraße mit steilen Kehren und unübersichtlichen Kurven. Er hatte seiner Frau noch immer nichts gesagt, er fand einfach nicht den Mut dazu. Wie sollte er auch beginnen, ihr die Schande zu gestehen, wie er es empfand, abgebaut zu sein? Er hatte zu ihr noch nicht von der Hoffnungslosigkeit gesprochen, die ihn erfüllte, sich mit achtundfünfzig Jahren einen neuen Posten suchen zu müssen. Denn von der Rente zu leben hätte gewaltige Einschränkungen bedeutet, sie hatten sich nichts erspart, man hatte für die Erziehung der Kinder mehr Geld ausgegeben, als dem Stand des Vaters entsprach. Ein neuer Posten, selbst wenn er einen fand, war für einen Mann in seinen Jahren eine harte Aufgabe. Einen alten Baum kann man nicht umpflanzen. Wenn auf dem Platz, wo er steht, ein junger Baum gesetzt werden soll, zerschlägt man den alten am besten zu Feuerholz.

»Übernimmst du dich nicht, Albert? Die Strecke, die wir fahren, ist gefährlich.«

»Und der Wagen alt, meinst du?«

»Nicht nur der Wagen, Albert.«

Da war es wieder, das Gleiche. Wenn man älter wird, soll man sich die Straßen aussuchen, die man fährt. Er hatte sich diese gefährliche Strecke bewußt ausgesucht. Er kannte sie aus früheren Jahren, als er jung gewesen war, der Wagen neu. Er wußte, welche Kurve ungeschützt knapp am steilen Felshang vorbeiführte, hoch über einem See, die kleinste Unachtsamkeit am Steuer, ein Unfall, wie in den Zeitungen stehen wird, ein bedauernswertes Unglück, mitten aus dem Leben heraus. Das war ja der Sinn dieses Ausfluges, alles zurechtgelegt, eine kleine Unachtsamkeit am Steuer, er brauchte dann seiner Frau nicht die

Schande gestehen, konnte ihr den Schock seiner Entlassung ersparen, die Not der kommenden Jahre, sie würden dann nicht das Haus verkaufen müssen, nicht auf die Hilfe ihrer Kinder angewiesen sein. Aber er gab sich falsche Rechenschaft, es war nur die Feigheit in ihm, seiner Frau zu sagen: »Man hat mich entlassen.«

»Ich bin müde«, sagte Anna, »halten wir ein wenig an.«

»Laß uns noch ein Stück weiterfahren.«

»Nein, bitte, Albert.«

Er parkte den Wagen in einer Ausweiche, die man dort wegen der überwältigenden Aussicht auf die gigantische Bergwelt gebaut hatte. Wie alt sind die Berge, da hat noch keiner daran gedacht, sie durch neue zu ersetzen, wie alt sind die Täler da unten, die Dörfer, die Kirchen, die Friedhöfe darum, wie armselig ist der Mensch, dem man nicht einmal die Gnade des Altwerdens gönnt. Selbst manchen alten Baum läßt man stehen, bis ihn der Sturm von selbst fällt, aber der Mensch wird ausgetauscht, über Nacht, nur weil er vielleicht weniger Früchte trägt als in den Jahren seiner besten Fruchtbarkeit.

»Stell das Radio an, Albert.«

»Ermüdet es dich nicht?«

»Musik ermüdet nie, Liebster.«

Aus dem Lautsprecher erklang ein Sinfoniekonzert. Es war Beethovens Neunte, von den Bamberger Sinfonikern gespielt. Die beiden Menschen im Wagen schwiegen. Sie saßen Hand in Hand, und ihre Gedanken eilten weit fort. Nicht so weit, daß ihre Herzen sich nicht nahe blieben, aber jeder dachte an die Dinge, die ihn am heftigsten erfüllten. »Es ist das letzte Mal, daß Anna und ich diese Sinfonie hören. Wie schön Musik sein kann! Es ist, als wenn die Rosen im Juni erblühen, wenn sie ihre Knospen entfalten, ein wenig schüchtern fast, wie zum ersten zärtlichen Geständnis.«

Er mußte an Anna denken, wie sie sich kennenlernten.

Wie froh war er, Anna zu besitzen, wie glücklich machten ihn die Rosen in seinem Garten, die Musik Beethovens, die jetzt an sein Ohr klang. Das sollte alles vorbei sein, die Liebe, die Rosen, die Musik, nur weil man ihn entlassen hatte? Und die anderen hundert Dinge, die das Leben froh und reich machen, Freude, schöner Götterfunken, Tochter aus Elysium – er wird die Gesichter im Betrieb nicht mehr sehen, die grauen Maschinen, die weißen Wände, die trüben Fenster, die laute Kantine – jeder Tag ist ein Sonntag, eine ganze Woche Feiertag, ein volles Jahr Urlaub, man kann nach Belieben in der Sonne sitzen, spazieren gehen, den Garten umgraben, mit dem Nachbar am Zaun stehen, Freude, schöner Götterfunken, Tochter aus Elysium – man wird sich ein wenig einschränken müssen, gewiß, aber es leben Tausende von ihrer Rente und freuen sich ihres Lebens. Warum hat er eigentlich Angst, seiner Frau zu gestehen: »Stell dir vor, Anna, sie haben mich entlassen!« Sie ist doch seine Frau, sie hat immer einen Weg aus der Bedrängnis gewußt, selbst einen angebrannten Sauerbraten wußte sie noch zu retten, und was ist eine Entlassung schon viel mehr? Im Alltäglichen ist etwas schief gegangen, das ist alles, deswegen muß man doch nicht gleich die Flinte ins Korn werfen, das Leben ist doch so schön, das Leben zu zweit doppelt schön – Freude, schöner Götterfunken, Tochter aus Elysium . . .

Die Sinfonie klang aus.

»Du, Anna, sie haben mich gestern entlassen . . .«

»Daß du mir es erst jetzt sagst?«

»Ich hatte Angst, du würdest dich kränken. Aber jetzt, wo es heraus ist, wo ich es dir gesagt habe – ist heute nicht ein herrlicher Tag?«

Anna mußte sich schneuzen. Sie tat es mit viel Geräusch. »Geliebter Dummkopf!« sagte sie zu ihrem Mann. »Als ich gestern abend deine Jacke ausräumte und den Brief fand, habe ich ihn gelesen . . .«

»Du hast es gewußt?«

Anna nahm seine Hand. »Ich wußte es schon gestern beim Abendessen, als ich dich aus dem Garten hereinrief – ich wußte auch, was in dir vorging, als wir hier herauffuhren, wie es in dir aussah und was du vorhattest, nämlich dies, von dieser Fahrt nicht zurückzukehren ... Glaubst du, ich hätte dich sonst gebeten, ein Sinfoniekonzert mit mir anzuhören?«

Sie nahm ihre Hand aus der Hand ihres Mannes und legte sie auf das Radio. Es sah so aus, als wollte sie sich bei ihm bedanken. Aber Autoradios sind nicht daran gewöhnt, daß man sich bei ihnen bedankt. Sie müßten sonst den ganzen Tag »Bitte sehr! Gern geschehen!« sagen, und das kann man ihnen freilich nicht auch noch zumuten.

Winterurlaub in Sicht

Beim Juwelier Schwarzmeier kann man vom Fußboden essen. Nicht nur daheim, auch im Geschäft. Da fliegt kein Stäubchen, da fusselt kein Fädchen, da krümelt kein Krümchen, da ist alles blitzblank und bohnerglatt, und es ist für die Kunden eine wahre Freude, bei Schwarzmeier Diamantenkolliers und Smaragdgehänge einzukaufen, wie daheim für die Gäste, Schwarzmeiers polnische Karpfen zu essen, gefüllten Truthahn zu knabbern und Schlagrahm mit Rum zu löffeln. Denn Juweliers hatten ein Riesenglück. Sie haben zwei ältere Schwestern seit neun Monaten als Mädchen für alles, eine für daheim und eine fürs Geschäft. Die Schwestern sind vom Land gekommen und bei Schwarzmeiers an Land gegangen. Hier werkeln sie unermüdlich den ganzen Tag, und Schwarzmeiers sind des Lobes über die beiden voll. Damit sind die Tugenden der Mädchen aber noch nicht erschöpft! Die Schwester, die im Laden arbeitet, hilft sonntags und am Abend in der Wohnung mit, wenn es gilt, Gäste zu bewirten, Salat herzurichten, Teppiche zu klopfen, Großputz zu machen und Wäsche zu waschen. Umgekehrt geht die Schwester, die daheim Böden putzt und perfekt kocht, vor den großen Feiertagen und an Samstagen, wenn die Kavaliere ihre Präsente für das Wochenende einkaufen, um des großen Kundenandranges willen in den Laden und hilft beim Geschmeideputzen, Goldpolieren, Perlenauffädeln, Diamantenabzählen und Silberkästeneinrichten mit.

Eines Tages nun wollten Schwarzmeiers in den Winterurlaub fahren. Sie machten jedes Jahr im Februar den Laden dicht und fuhren für vier Wochen nach St. Moritz. Das haben sie sich im Lauf der Monate verdient.

Acht Tage vor der Abreise erschien der Juwelier Schwarzmeier bei seiner Bank. »Es ist wieder einmal soweit. Wir verreisen«, sagte er.

»Wieder nach St. Moritz?«

»Wie immer. Wie jedes Jahr.«

»Sie machen in der Zeit das Geschäft zu?«

»Ja. Das ist das Beste. Gute Kunden wollen persönlich beraten sein.«

»Können wir wieder damit rechnen, Ihre Juwelen in unsere Safes zu bekommen?« fragte der Bankdirektor.

»Ja«, sagte Herr Schwarzmeier, »da sind sie am besten aufgehoben. Ich habe dieses Jahr besonders wertvolle Stücke. Ich möchte sie alle ins Safe geben. Aber ich fürchte, ich komme mit dem Platz nicht aus.«

»Sie können gern ein zweites und drittes Safe bekommen.«

»Eines genügt, wenn es groß genug ist. Sagen wir einen Meter im Quadrat und zwei Meter hoch.«

»Also ein Antiquitätenhändlersafe?« fragte der Bankdirektor.

»Ja. Das wäre die richtige Größe.«

»Geben Sie etwas Besonderes hinein?«

»Nur Perlen.«

»Ein ganzes Safe voll Perlen?«

»Es sind gar nicht so viele. Aber ich hätte keine ruhige Minute –«

»Um wieviel Perlen handelt es sich?«

»Genau um zwei Stück«, sagte der Juwelier.

»Dazu brauchen Sie ein so großes Safe?«

»Sie gehen kaum hinein.«

»Was sind denn das für Perlen?«

Der Juwelier sagte: »Meine beiden Hausmädchen, die ich vor Abwerbung schützen muß . . .«

Weihnachten ohne Baum

Die Tage vor Weihnachten waren früher eine stille Zeit. Man hörte die Schneeflocken fallen. Sie waren damals viel größer als in unseren Tagen, und wenn man vor dem Haustor stand und richtig hinhörte, wenigstens war es in meiner Kindheit so, dann hörte man es schneien. Ich möchte diese Vorweihnacht nicht missen, wo man Nüsse vergoldete, die Kerzen in die Halter steckte und kleine rotbäckige Äpfel an einen Wollfaden knüpfte. Den Weihnachtsbaum bekam ich vor dem Heiligen Abend nicht zu sehen. Mein Vater versteckte ihn vor uns Kindern, er putzte ihn selbst auf, hängte die roten Kugeln und die silbernen Fäden in die Zweige, obenauf kam ein goldener Stern und dann verteilt an den Zweigen die kleinen Süßigkeiten, winzige Schokoladentäfelchen, Zuckerhüte, kleine Netze mit Silbertalern, auch ein wenig Marzipan dazwischen, und an die schönste Stelle des Baumes, die er sorgfältig aussuchte, hängte er unser rotes Wachsherz mit dem Christkind in der Wiege. Nicht einmal meine Mutter durfte das Zimmer betreten, in dem unser Christbaum stand. Erst am Heiligen Abend, wenn vom Kirchturm die Glocken das Fest einläuteten, brannte Vater die Kerzen an und öffnete für uns die Tür. Ich werde diese Minute nie vergessen, wie wir so ein Weihnachtslied anstimmend vor den Kerzen des Baumes standen, und jedes Jahr empfanden wir, so einen schönen Weihnachtsbaum hatten wir noch nie.

Heute ist es anders geworden, auch für die Kinder. Der Weihnachtsbaum, der schönste Baum auf Erden, hat seine Bedeutung verloren. Wir haben oft in harten Jahren auf jedes Geschenk verzichtet, aber einen Christbaum mußten wir haben. Heute ist es genau umgekehrt, der Geschenktisch ist in den Vordergrund gerückt, und der Christbaum ist zur Staffage geworden. Niemand schaut mehr recht zu ihm hin, man vergißt sogar oft, das Licht der Lampen abzuschalten, und die Geschenke stehen eindringlich, beinahe protzig da, während sie sich früher geheimnisvoll und dadurch um vieles schöner in dem Schatten, den die Kerzen durch die Zweige warfen, versteckten. Da stand man ergriffen und traute sich gar nicht, auf den Tisch zu schauen, was das Christkind für uns gebracht hatte. Auch wir Erwachsenen blieben lange in den Anblick des Lichterbaumes versunken und gingen erst dann, nachdem wir einander geküßt und uns frohe Weihnachten gewünscht hatten, zu unseren Geschenken.

Heute hat der Christbaum seine Illusion, seinen Zauber über uns verloren. Ich weine diesem Zauber nach, aber was sollen wir tun, wenn schon wochenlang vor Weihnachten in den Straßen der Stadt, auf den Marktplätzen, in den Schaufenstern, in den Gaststätten, auf den Brücken und am Rathaus und vorm Kinoeingang, ja selbst auf den Bahnhöfen die Christbäume brennen, größer, schöner und heller als später unser kleiner Weihnachtsbaum daheim?

Die stille Zeit vor Weihnachten und ihre dunklen frühen Abende, die uns den Heiligen Abend kaum mehr erwarten ließen, an dem die Kerzen zum erstenmal während des Gebetläutens angezündet wurden, sind verschwunden. Heute stehen sie wochenlang vor Weihnachten überall prall und prächtig, die Weihnachtsbäume mit ihren leuchtenden Kerzen, eine Invasion von Weihnachtsbäumen sozusagen, wir haben uns an ihnen schon satt gesehen, ehe Weihnachten eigentlich beginnt. Die trockenen Nadeln fallen von diesen Allerweltschristbäumen am Heiligen Abend schon ab, so lange stehen sie schon und hämmern uns ein, daß Weihnachten vor der Tür steht, in vier Wochen, in drei Wochen, in zwei – die Nadeln rieseln von ihren Zweigen, die versteckten Drähte zu den elektrischen Kerzen werden sichtbar, und noch ist Weihnachten nicht einmal da. Das Licht, das einmal verkündete: »Freue dich, o Christenheit!«, scheint heute zu rufen: »Kaufe ein, o Christenheit!« Ich glaube fast, daß manche Menschen schon gar nicht mehr wissen, warum wir Weihnachten feiern und was in dieser Nacht geschehen ist in Bethlehems Stall. Wenn ich mit dieser Frage am Abend durch die Straßen ginge, ich fürchte, ich sähe in ratlose Gesichter und bekäme die seltsamsten Antworten.

Ich habe nichts gegen die Christbäume auf den Marktplätzen und Bahnhöfen, im Gegenteil, ich danke dem, der sie aufstellt. Nur sollten die Kerzen nicht schon wochenlang vorher brennen und Festliches vortäuschen, wenn wir von Geschäften zu Geschäften eilen, die Uhr in der Hand, den Alltag im Blut. Laßt sie im Dunkeln stehen, daß sie uns still gemahnen: »Bald kommt das Fest der Liebe, beginn dich darauf zu freuen«, so wie die Christbäume still und stumm an den Adventssonntagen am Altar der Kirche stehen. Vernehmt darum meine Bitte: Zündet die Kerzen auf den Marktplätzen und auf den Bahnhöfen erst am späten Nachmittag des Heiligen Abends zum erstenmal an, wenn die Reisenden festlich gestimmt zu den Feiertagszügen eilen, die Söhne zu ihren Müttern, die Väter zu ihren Kindern. Wie weihnachtlich froh und beglückten Herzens wäre dann der Beginn der Fahrt und der Gang durch die nächtlichen Straßen zum Haus, wo man erwartet wird, die Kerzen am Weihnachtsbaum brennen, jetzt ist Weihnachten. Macht den Weihnachtsbaum wieder zum Symbol des Heiligen Abends, laßt seine Kerzen erst wieder in der Dämmerung zur Heiligen Nacht aufleuchten! Dann steht der Weihnachtsbaum wieder im Vordergrund der Weihnachtsfreude, dann brennen seine Kerzen wieder täglich bis weit über Hochneujahr, bis über das Fest der Heiligen Drei Könige in den Wohnungen, und in uns klingen die

Weihnachtslieder und das »Christ ist erschienen«, dann steht der Christbaum mit seinem ersten Satz Kerzen, halb heruntergebrannt und seit dem Heiligen Abend nicht mehr angezündet, nicht mehr im Weg, dann wird der Weihnachtsbaum wieder das, was er einmal war: der schönste Baum auf Erden.

Silvester auf der Zugspitze

Anneliese machte keineswegs den Eindruck, als ob sie in Peter verliebt sei. Auch Peter tat nicht dergleichen. Man war in einer Bank angestellt, beide Volontär und Volontärin, ging täglich aneinander vorbei, vielleicht sogar ein wenig öfter, als notwendig war, und gab sich gegenseitig auf spöttische Fragen spöttische Antworten. In einer Bank geht das nicht anders, im Beruf trägt man einfachere Kleider, im Beruf ist der Mann kein Held und ein junges Mädchen keine Madonna. So blieben sie Kollegen, Volontär und Volontärin, und man hatte eher den Eindruck, als ob sie sich nicht besonders miteinander vertrügen.

Die Bank hatte über Neujahr drei Tage geschlossen. Als sie sich verabschiedeten, fragte Peter, wie nebenbei: »Was machen Sie über Silvester, Anneliese?«

»Ich verreise. Und Sie?«

»Ich verreise auch.«

»Viel Vergnügen.«

»Danke. Guten Rutsch ins neue Jahr!«

Sie gaben sich die Hand, flüchtig, fast ein wenig verstimmt.

Ein guter Freund vermag oft Wunderdinge. Wenn man gar einen Freund hat, der wohlsituiert wirklich eine kleine Neujahrsreise macht, noch dazu auf die Zugspitze, und man ist selbst ein armer Hund, der daheim bleiben muß, kommt man wohl auf die Idee, den Freund zu bitten: »Willst du mir einen Gefallen erweisen, Günther? Du weißt doch, ich bin in der Bank mit einer gewissen Anneliese zusammen.«

»Du hast mir oft genug von ihr erzählt.«

»Ich möchte ihr gern eine Karte von der Zugspitze schicken, einen Neujahrsglückwunsch.«

»Du fährst doch gar nicht!«

»Eben«, sagte Peter, »du wirfst die Karte dort oben für mich in den Kasten. Diese dumme Gans glaubt nämlich, sie kann mir mit ihrer Winterreise imponieren. Wenn sie dann liest, daß ich auf der Zugspitze war, zerspringt sie! Und genau das soll sie!«

»Ist sie dir so unsympathisch, Peter?«

»Unsympathisch nicht – aber ich kann sie nicht leiden.«

Am Neujahrstag bekam Peter eine Ansichtspostkarte von der Zugspitze. Anneliese hatte sie geschrieben.

Auf der Karte stand schwarz auf weiß: »Hier oben ist es herrlich! Hoher Schnee und strahlende Sonne! Ich bin schon ganz braun. Für heute zur Silvesterfeier bin ich von drei sehr attraktiven Herren eingeladen. Alles Gute zu Neujahr! Anneliese.«

Peter starrte die Karte an.

Das neue Jahr begann gut. Da hatte er sich wieder einmal prächtig blamiert. Wenn Anneliese jetzt seine Karte von der Zugspitze erhielt, die Günther gestern dort oben in den Kasten geworfen hatte, wußte sie, daß er gelogen hatte. Sie hätten sich unbedingt auf dem kleinen Plateau und im Hotel treffen müssen. Er schnaufte vor Zorn über die eigene Dummheit. Was sollte er morgen früh in der Bank Anneliese antworten, wenn sie ihn spöttisch fragen würde, wie es ihm auf der Zugspitze gefallen habe? Er sieht sie schon vor sich stehen, er sieht ihren spöttischen Mund, hört ihre Stimme, wie sie ihn fragt: »Wie war es denn da oben, auf der Zugspitze?« Man soll sich nicht mit Frauen einlassen! Ach was, er wird einfach sagen, er habe sich einen Scherz erlaubt. Und wenn sie es nicht glaubt? Sand darüber, wen kümmert's?

Er trat also am nächsten Morgen, kaum daß er Hut und

Mantel in den Schrank gehängt hatte, forsch zu Anneliese. »Haben Sie meine Karte von der Zugspitze erhalten?«

»Ja, Peter.«

Nanu? Keine Spur von Spott? Was war mit dem Mädchen? »Ich habe Ihre Neujahrskarte auch erhalten, Anneliese.«

»Ja. Leider.«

»Leider? Wieso?«

»Es war ein dummer Scherz von mir, Peter. Ich wollte Ihnen imponieren. Das hat jetzt keinen Sinn mehr. Sie waren wirklich oben und hätten mich dort sehen müssen.« Anneliese griff nach einem Taschentuch. Aber es war schon zu spät. Die Tränen purzelten aus ihren Augen.

»Was denn? Sie waren – verstehe ich recht –, Sie waren nicht auf der Zugspitze?«

»Nein. Eine Freundin fuhr hinauf. Ich gab ihr die Karte mit.«

Peter wußte nicht, wie ihm geschah. Die ganze Schalterhalle der Bank sah aus wie ein goldener Krönungssaal. Da es ihm die Rede verschlug und er sich keinen anderen Ausweg wußte, gab er Anneliese einen Kuß. Mitten in der Bank und mitten auf den Mund. »Das ist die Strafe dafür, daß du mich beschwindelt hast!«

»Ich wollte doch nur –«

»Mir imponieren?«

»Ein wenig.«

»Zu Ostern ist Verlobung, und bei der nächsten Gehaltserhöhung wird geheiratet. Dann ist es aus mit dem Imponieren! Und unsere Hochzeitsreise machen wir auf die Zugspitze. Ich möchte sie nämlich auch gern einmal kennenlernen.«

»Du warst doch über Neujahr dort.«

»Ich war es nicht!« rief Peter und hörte gar nicht mehr auf mit dem Küssen. »Ich hatte genauso wenig Geld und bin genauso daheim geblieben wie du. Ich habe dich genauso beschwindelt wie du mich. Aber das hat jetzt ein Ende. Deswegen heirate ich dich, damit du nicht wieder schwindeln kannst.«

Anneliese sagte leise: »Ich will dich nie wieder beschwindeln, Peter, und kochen kann ich übrigens auch . . .«

Peter lachte: »Fängst du schon wieder an zu schwindeln, Anneliese?«

Von der Freude des Zubettgehens

Der größte, sonnigste Raum unserer Wohnung sollte – wenn es nach uns ginge, aber wann geht es je nach den Männern? – das Schlafzimmer sein. Aber es ist immer das Stiefkind, das kleinere, das nach hinten gelegene, das ja nicht hergezeigt wird, wenn Besuch kommt. »Wir sind sowieso nur in der Nacht darin«, sagt man, »und in der Nacht schläft man.«

Ihr Kleingläubigen der Lebensfreude! Ihr falschen Rechner, die ihr nicht zu addieren versteht! Warum erkennt ihr nicht, daß der Mittelpunkt jeder Wohnung das Schlafzimmer sein sollte? Zehn Stunden des Tages verbringt ihr hier, die Stunde des Zubettgehens und des morgendlichen Anziehens eingerechnet. Hier erwacht ihr, hier beginnt jeder neue Tag für euch. Wenn ihr die Augen öffnet, fällt euer Blick zuerst auf die Wand dieses Zimmers, auf die von der Sonne durchfluteten weißen Vorhänge vor den Fenstern, auf das Bild, das über eurem Bett hängt, auf den Stuhl, auf dem euer Anzug liegt, auf den Teppich, auf den ihr jeden Tag eures Lebens zuerst den Fuß setzt. Der Fuß ist nackt, ihr spürt das dunkle Rot, das satte Blau der weichen Wolle warm und beglückend – drüben im Wohnzimmer unter der dicken Ledersohle eurer Schuhe darf der Teppich getrost härter und gröber und abgetretener sein, hier aber ist er euch so nahe wie das Hemd auf eurer Haut, ein kostbarer Reichtum, der euch spüren läßt, es geht euch gut, ihr habt es zu etwas gebracht, auf zu den Taten des neuen Tages.

Denkt auch an das Zubettgehen am Abend. Ihr verwöhnt euer Wohnzimmer mit allem Glanz, den ihr euch zu gönnen vermögt. »Erst das Wohnzimmer, das Schlafzimmer kommt später«, pflegen alle zu sagen, wenn sie jung getraut ihre Wohnung einrichten. So gehen sie am Abend aus all der Behaglichkeit, die sie umgibt, hinüber in das Schlafzimmer. Es ist kleiner, es ist dunkler, die Möbel sind nicht so festlich, »nun ja, der Tag geht zu Ende, gehen wir schlafen«. Könnte es nicht so sein, daß der Tag mit allen seinen Plagen und Hetzen und seinem dem Erfolg Nachjagen, der euch bis ins Wohnzimmer und eure letzten Gespräche hinein verfolgt, an der Tür zum Schlafzimmer endet und euch ein heiterer, froher Glanz umfängt? Alles Geld der Welt für das Bett, in dem ihr euch jetzt ausstreckt und reckt und räkelt, das schon bei seinem Anblick euch froh macht, so viele Stunden in ihm verbringen zu dürfen, eine Sänfte in die Träume! Hängt neben euer Bett an die Wand das schönste Bild, das ihr besitzt, ein Kinderbild vielleicht oder einen Druck von Amerling, Hirt und Herde am Berghang, eine sonnendurchflutete Landschaft im Grünen, die euch wie ein Sonntagsspaziergang anmutet – euer letzter Blick, ehe ihr das Licht löscht, fällt auf das Bild und füllt eure Augen, die am Tag nur Zahlen und Statistiken und Waren sehen, noch einmal mit Schönheit für die acht Stunden eures Schlafes. Wenn ihr früh erwacht und die Augen aufmacht, seht ihr wieder das Bild und sagt: »Ja richtig, das war es – das Leben ist schön!«

Ich kannte einen, der hatte ein Eisbärfell vor seinem Bett. Jeden Morgen beim Aufstehen, jeden Abend beim Zubettgehen stolperte er über den Kopf des Eisbären. Es war ein gutes, teures Stück, ein Hochzeitsgeschenk, aber was soll ein Eisbär in eines Mannes Leben? Die Frau weigerte sich ganz energisch, das Fell vor ihr Bett zu nehmen. »Ich würde die ganze Nacht von der Bestie träumen!« sagte sie. Da warf der Mann eines Tages das Eisbärfell, das teure, hinaus und tauschte es bei einem Gärtner, der es bewunderte, gegen ein Blumenabonnement für sein Schlafzimmer. Es besteht vielleicht kein Zusammenhang, aber die Ehe wurde von diesem Tag an glücklicher, der Mann ging nicht mehr mit einem Fluch zu Bett, den er gewohnheitsgemäß beim Stolpern ausstieß, jetzt sahen seine Augen nur noch die Blumen auf dem Nachttisch seiner Frau, und da war plötzlich ein Zusammenhang: die Blumen und seine Frau.

Das Schlafzimmer der Mittelpunkt eurer Wohnung? Ein ketzerischer Gedanke! Wenn ich euch sagen möchte, daß das Schlafzimmer der Mittelpunkt eures Lebens ist, ihr würdet wahrscheinlich weniger verdutzt dreinschauen. Jeder Mensch ist einmal in einem Schlafzimmer geboren worden, jede Mutter legte zum erstenmal im Schlafzimmer ihren Säugling an ihre Brust und spürte beglückt das zufriedene Schmatzen des geliebten Ersten der neuen Generation, für sie war in dieser Minute das Schlafzimmer der Mittelpunkt ihres Lebens, alte Erinnerungen werden wach, die Freude des Zubettgehens damals, als sie ihren Mann zum erstenmal sah, sich am Abend von ihm vor der Haustür trennte und hinaufging in ihr Zimmer, sich auszog und mit klopfendem Herzen an ihn dachte, das Glück des Zubettgehens, weil man die ganze Nacht an ihn denken konnte und wußte: »Er denkt jetzt in seinem Bett an dich.« Und später, als man nicht mehr am Abend vor der Haustür sich trennen mußte und zusammen Hand in Hand einschlafen konnte, welch beglückende Freude des Zubettgehens. Heute ist das Kind da, und morgen werde ich einmal nicht aufstehen, weil ich schon am Abend beim Zubettgehen spüre, daß meine Zeit um ist, und ich bleibe im Schlafzimmer und küsse in meinem Bett das Kruzifix und mache mich für die große Reise fertig – nicht aus dem Wohnzimmer heraus gehe ich zum letztenmal, sondern aus dem Schlafzimmer. Mit einem letzten Blick auf das Bett neben mir, auf das Bild an der Wand, auf die weißen Vorhänge am Fenster, und wenn Gott mir gnädig ist, scheint an diesem Tag die Sonne.

Ein Brief

»Meine liebste Mutter,

es hat viele Jahre Zeit gebraucht, bis ich Dir Deinen Herzenswunsch erfüllen konnte: daß Du zu uns ziehen und Dein eigenes Zimmer bei uns haben kannst. Noch dazu in einer Stadt, die Du so liebst und von der Du immer geschwärmt hast, weil Du, lange bevor ich auf die Welt kam, Deine Hochzeitsreise hierher gemacht hast. Vielleicht ist diese Stadt am Ufer des berühmten Flusses gar nicht so schön, wie sie sich in Deiner Erinnerung ausmalt. Aber ich weiß, daß Du Dein ganzes Leben nur einen Gedanken hattest, diese Stadt wiederzusehen und möglichst hier die letzten Jahre Deines Lebens mit uns zu verbringen. Ich versprach es Dir, schon als Junge, ich war damals achtzehn Jahre geworden, und ich wiederholte mein Versprechen, sooft ich Dich wiedersah. Jetzt ist es endlich soweit.

Wie Du weißt, habe ich mir in dieser Stadt einen Beruf aufgebaut, ich bin vorwärts gekommen und habe gespart, jetzt sind unsere Kinder aus dem Gröbsten heraus, verdienen schon ein wenig mit, und so konnte ich vor ein paar Monaten uns ein eigenes Haus kaufen. Es liegt ein wenig außerhalb zwischen den Weinbergen, aber die Straßenbahn fährt bis hinaus, es hat einen großen Garten und ist genau das Haus, von dem Du immer geträumt hast. Es ist nicht sehr groß und auch nicht sehr neu, dafür stehen alte Bäume in unserem Garten, und aus dem Fenster des Zimmers, das ich für Dich gedacht habe – es ist das schönste Zimmer im Haus, Mutter –, siehst Du genau auf den Kahlenberg.

Ich habe immer an Dich gedacht, als ich hinausfuhr, mir

dieses Haus anzusehen und es zu kaufen. Ich war voll glücklicher Gedanken an den Tag, an dem ich Dir diesen Brief schreiben würde: ›Mutter, komm zu uns! Wir haben ein Haus.‹ Aber wie das so geht, zuerst langte das Geld nicht, dann wollte der Besitzer es plötzlich nicht verkaufen, wir hatten schon ein paarmal das Geld beisammen, aber dann kamen immer wieder Rückschläge, eine lange Krankheit – sieben Jahre hat es gebraucht, bis wir den Kaufvertrag unterschreiben konnten. Jetzt gehört das Haus uns. Die Handwerker sind gegangen, es gab viel daran zu reparieren, es hatte keine Wasserleitung, wir mußten sie einlegen, das Dach war undicht, und was so alte Häuser noch alles für Mängel haben. Aber jetzt können wir Dich zu uns holen.

Du hast lange Geduld gehabt, Mutter, und hast die Hoffnung nie aufgegeben, daß es eines Tages so weit sein wird, daß wir Dich zu uns rufen. Immer wieder schriebst Du: ›Übernimm dich nicht, mein Junge, laß dir Zeit, ich warte hier, bis du mich holst.‹ Und dann hast Du dazugesetzt, wie schön es sein wird, wenn Du bei uns bist, und wie Du Dich auf die Stadt freust, auf die Kirchen, ihre Brücken, ihre Straßen, und wie Du mit Deinen Enkeln spazieren gehst, am Sonntagvormittag, wenn sie keine Schule haben. Auch, daß Du manchmal ein Konzert besuchen willst und an den Feiertagen gar ein Theater. Du wirst Dir denselben Platz nehmen, schreibst Du, vorn in der dritten Reihe rechts, wo Du als neunzehnjähriges Mädchen auf Deiner Hochzeitsreise Hand in Hand mit Vater gesessen bist.

Verzeih, Mutter, daß es so lange dauerte, bis ich für uns ein Heim und für Dich ein Zimmer geschaffen habe. In unsere enge Stadtwohnung, winzige drei Räume im fünften Stock, konnten wir Dich ja nicht rufen. Aber jetzt, Mutter, wo wir das Haus haben und Platz für Dich – ich denke immer daran, wie es sein wird, wenn ich Dich von der Bahn abhole, Dir alles zeige und Dich in Dein neues Haus führe, wo am Fensterplatz ein bequemer Sessel auf Dich wartet und ein großer Blumenstrauß natürlich, bunte Anemonen, wie Du sie liebst, und ein großer Strauß Veilchen – ich kann Dir nicht sagen, Mutter, wie ich diese Stunde herbeisehne, immer herbeigesehnt habe.

Und nun schreibe ich die Adresse. Ich werde sie sehr deutlich schreiben, denn ich fürchte, daß der Briefträger, der diesen Brief zu Dir trägt, Dich nicht findet und lange suchen muß. Ich adressiere diesen Brief darum: ›An meine Mutter, Pirna an der Elbe, Waldfriedhof, 49. Reihe, 3. Sektor, Stelle 6954 . . .‹«

Beigesetzt in aller Stille

Ich bekam die Nachricht, daß einer meiner Freunde nicht mehr unter den Lebenden weile. »Beigesetzt in aller Stille« stand auf der kleinen schwarzumränderten Karte. Es trifft mich hart. Wir waren Nachbarn und Freunde zugleich. Dreißig Jahre wohnten wir Haus an Haus. Vor einem Jahr trennten sich unsere Wege. Er zog in eine andere Stadt, nicht allzu weit, zwei Bahnstunden. Ich brachte ihn zum Zug und winkte ihm noch lange nach. Als ich in meine Wohnung zurückkam, sah drüben im Nachbarhaus schon ein anderer Mensch aus dem Fenster, das ebenso wie das meine stets offen stand, denn wir hatten uns oft am Tag etwas zuzurufen. Auch jetzt, wo ich die letzte Nachricht in der Hand hielt, wollte ich unwillkürlich mit dem Brief zum Fenster treten und hinüberrufen: »Was sagst du dazu? Paul ist gestorben.« Aber Paul wohnte mir ja nicht mehr gegenüber. Ich hatte ihn seit jener Stunde, in der ich ihn zur Bahn brachte, nie wieder gesehen. Wir wechselten ein paar Briefe, wie Männer so Briefe wechseln. Ich erfuhr, daß es ihm gut ging, auch gesundheitlich, und jeder Brief schloß mit den Worten: »Jetzt wird es aber höchste Zeit, daß wir uns einmal wiedersehen.«

Ich werde ihn nicht wiedersehen. Diese Erkenntnis kommt mir erst jetzt, und ich starre auf die Karte. »Beigesetzt in aller Stille.« In dieser Stunde, da ich diese Nachricht in der Hand halte, liegt mein Freund schon unter der Erde, und die Schollen über seinem Sarg rutschen sich für die Ewigkeit zurecht. Die Erde senkt sich noch ein paar Wochen, dann werde ich eines Tages an seinem Grab stehen, aber da ist schon Gras darüber gewachsen. Ich brauche alle meine Phantasie, mir sein Gesicht zurückzurufen.

Ich habe ja keinen Abschied für immer von ihm genommen, wo man sich das Gesicht noch einmal aufmerksam einprägt, um es nicht zu vergessen, wie vor Jahren von meiner Mutter, bei der ich noch eine Stunde an ihrem Bett saß, ehe man sie aus der Stube trug. Ein Abschied am Bahnhof, mitten aus dem Leben heraus, da ist immer ein Scherzwort dabei, da rechnet man mit dem Wiedersehen, das nimmt man nicht so ernst. Der letzte Abschied aber, wenn der andere bereits für immer schweigt – wer hat das Recht, einen Menschen in aller Stille beizusetzen und mir den Abschied von einem Freund zu verwehren? Warum sagt man mir, daß ein Grab gegraben wurde, erst dann, wenn es schon wieder zugeschaufelt ist? Vielleicht hatte ich ihm noch ein »Verzeih mir!« nachzurufen oder ihm ein letztes »Ich danke dir« zu sagen. Vielleicht wollte ich auch, daß eine Blume aus meinem Garten, eine Rose nur, auf dem harten Holz über seinem schlafenden Gesicht liegt und dort liegen bleibt bis zur Ewigkeit, in Erde gebettet und zu Erde werdend. Wir hatten den Rosenstrauch vor Jahren zusammen am Zaun gepflanzt. Weißt du noch, wie du eine seiner drei Wurzeln so legtest, daß sie zu dir herüberwuchs, daß auch der Regen aus deinem Garten ihr zugute kam? Bei dem einen ist es eine Rose, bei anderen ist es eine andere Kleinigkeit, die zwei Menschen verbindet, längst vergessen, am letzten Tag werden alle Erinnerungen wieder wach. Beigesetzt in aller Stille? Vielleicht hast du gewartet auf mich, ob ich bei dir wäre, als man dich aus dem Haus trug. Vielleicht hast du gerade meinen Zuspruch gebraucht in der Einsamkeit deines neuen Zuhauses, aus dem es keine Tür nach außen gibt. Ich hätte bestimmt verstanden, dir zu sagen: »Nimm's leicht, Paul! Vielleicht wird jetzt alles tausendmal schöner.« Und auf deine Frage, ob ich es glaube, hätte ich dir geantwortet: »Ich glaube fest daran.«

So hat man dich in aller Stille beigesetzt und deine

Freunde erst dann verständigt, als du bereits unter der Erde warst. Wir wären alle zu dir gekommen, dir die letzte Ehre zu erweisen. Noch einmal hättest du gesehen, wie vielen Menschen dein Leben etwas bedeutet hat, die große letzte Überraschung in jedes Menschen Leben, daß er mehr Freunde besitzt, als er je geglaubt hat. Um einem Toten die letzte Ehre zu erweisen, dazu ist sich kein Mensch zu gut. Man zieht zum letztenmal vor einem Menschen den Hut, wer würde da nicht am Straßenrand stehen wollen? Man hat dich in aller Stille beigesetzt. Sie haben dich in der Nacht geholt, und nur wenige Menschen haben sich vor der kleinen Friedhofskapelle eingefunden. Man hat keinem etwas gesagt, die Familie wollte unter sich sein. Wer hat auch heute noch Zeit, einen Menschen würdig zu begraben? Wer richtet einen langen Trauerschmaus, nimmt Beileidskundgebungen entgegen, läßt alle Erinnerungen noch einmal wach werden und gibt ihnen Raum bis in die tiefe Nacht? Es muß alles so schnell gehen in unserer Zeit, die unangenehmen Dinge muß man schnell hinter sich bringen, für Kränze muß man sich hinterher bedanken, und Briefe muß man erwidern. Kommen die anderen zu meines Vaters Tod, muß ich auch zu ihres Vaters Tod gehen, und was wird dann aus unseren geschäftlichen Terminen? So häufen sich in allen Ständen und Schichten die Karten, auf denen in feiner Handschrift steht: »Beigesetzt in aller Stille.«

Bitte, begrabt mich nicht in aller Stille! Wenn ich einmal sterbe, so sollen nicht nur meine Frau und meine Töchter und meine Schwiegersöhne und meine Enkel meinem Sarg folgen. Ich will, daß ringsum in den Dörfern die Glocken läuten, daß es alle hören und daß die Stunde meines Begräbnisses so gelegt wird, daß viele mitgehen können. Sie sollen alle kommen, die mich gekannt haben, der Briefträger, der mir die Post brachte, die Zeitungsfrau, alle, mit denen ich am Wirtshaustisch saß, mit denen ich auf den Zug wartete, mit denen ich sonntags auf der Kirchbank saß oder im Zirkus, wenn die Gaukler im Dorf waren. Sie sollen alle zu meinem Begräbnis kommen, denn es ist ja mein letzter Tag mit ihnen. Bei manchen habe ich mich zu entschuldigen, bei vielen zu bedanken und einigen zuzuzwinkern und unser Geheimnis mit ins Grab zu nehmen. Aber auch die Neugierigen sollen nicht daheim bleiben, damit ich an ihnen vorübergetragen werden kann, um ihre Gesichter zu sehen. Denn ich bin von dieser Stunde an lange, lange allein und entbehre der schönsten Gesellschaft der Welt: eines Menschen.

Im Selbstbedienungsladen des Lebens

Da stand ich nun mit meinem Korb im Selbstbedienungsladen des Lebens, und die ganze Pracht und Herrlichkeit des Daseins lag vor mir. Ich griff munter zu und füllte meinen Korb aus dem vollen.

Gleich neben dem Eingang, wo die Körbe zum Mitnehmen standen, war die Abteilung der Kindheitsfreuden. Da hing das Schürzenband der Mutter, das Traummännlein und das Sandmännlein, da standen Osterhasen und Weihnachtsmänner, die Schultüten zum ersten Schultag, das Eislaufen im Winter und das Schwimmengehen im Sommer im kleinen Stadtbach, da hingen die ersten langen Hosen, und viel Spielzeug lag herum, der Schwarze Peter und das Blumenquartett, die Puppe, die »Mama« sagen konnte, und der kleine Affe, der trommelte. Einen Papierdrachen für den Herbstwind über dem Stoppelfeld, das Indianerspiel und Zeltebauen, die Schnur und den großen Fußball, alles nahm ich in meinen großen Korb, auch die Puppenküche und den Kaufmannsladen und die Karten für das Weihnachtsmärchen und einen Zirkusbesuch als Belohnung für gute Zensuren.

Dann trug ich meinen Einkaufskorb weiter zur Abteilung der ersten Liebe. Diese Abteilung im Selbstbedienungsladen des Lebens war besonders bunt und heiter und von Sonne überflutet. Da gab es klopfende Herzen und banges Erröten, Stelldicheins unter der Bahnhofsuhr, einen Kinobesuch zu zweit, von dem die Eltern nicht wissen durften, einen Strauß Wiesenblumen, selbst am Waldrand gepflückt, den ersten Tanzstundenball, einen Spaziergang durch den Stadtpark, den Mond, der über die Dächer schien, den ersten ungeschickten Kuß und dann viele Pakkungen Liebesbriefe im gefütterten Umschlag, mit einem gemalten Herzen und einer gepreßten Blume, mit Immerdein und Ewigdein. Ich füllte meinen Korb reich damit, und obenauf legte ich aus dem letzten Regal die heimliche Verlobung, die öffentliche Verlobung, die Hochzeitsglokken und den Segen der Eltern.

Jetzt war mein Korb, mit dem ich durch den Selbstbedienungsladen schritt, schon ganz ansehnlich voll geworden, aber ich bediente mich weiter. Das Angebot war reich. Ich nahm die Freuden der ersten Ehejahre aus den Regalen, den ersten Streit und die erste Versöhnung, die kleine Wohnung und die neuen Möbel, den Küchenbalkon nicht zu vergessen, wo man jeden Morgen im Sommer frühstückte und den man mit Geranien schmückte. Ich ließ die Freunde unter den Nachbarn nicht aus, die zu Besuch kamen und die man wieder besuchte; das erste Sparkassenbuch des jungen Paares, den Traum vom eigenen Haus und vom eigenen Wagen, das alles legte ich in meinen Korb. Und mit viel Liebe deckte ich mich ein, mit Geduld und Nachsicht und Verzeihen, dem zärtlichen Gutenachtkuß und dem frohen Kuß am Morgen, und ein paar Schritte weiter konnte ich unser Kind in den Korb legen, unser zweites, unser drittes Kind. Mein Korb war schon recht schwer geworden, aber noch immer ging ich von Regal zu Regal, jetzt kamen die gewichtigeren, schweren Dinge zum Mitnehmen: der Erfolg im Beruf, die Achtung der Mitbürger, das Ehrenamt in der Stadtverwaltung, der erste Schultag meiner Kinder und der letzte Schultag meiner Kinder und jene Minute, wo sie zu uns nicht mehr sagten: »Vater und Mutter, ich brauche . . .«, sondern wo sie sagten: »Vater und Mutter, braucht ihr . . .«

Weiter geht es! Wenn ich in meinen Korb blicke und die vielen Freuden sehe, die ich seit meinem Eintritt in diesen Lebensladen aus den Regalen genommen habe – und nicht nur ich, denn die Schar derer mit einem Einkaufskorb von Lebensfreuden geht in die Millionen und Abermillionen –, denke ich an jenen, der die Regale unsichtbar füllt, daß für jeden etwas da ist zum Mitnehmen, auch Tränen zum Weinen und Taschentücher zum Tränentrocknen. Nicht einmal die Trostpflästerchen sind vergessen, und ich muß den Meister loben, der alles so wohl bedacht hat, daß keiner leer ausgeht und daß uns so viel zum Mitnehmen im Selbstbedienungsladen des Lebens zur Verfügung steht. Und wenn es nur einfache Sonntage sind oder der Duft der Blumen und die Luft des Waldes und der Flug der Schwalben und das Lied der Lerche und die Früchte, die reifen. Wir nehmen es uns einfach, wir gehen die Ladengasse entlang und nehmen mit, was uns gefällt.

Noch habe ich ein paar Regale vor mir und noch ein wenig Platz in meinem Korb, und was ich jetzt einpacke, ist schon härter verschnürt und gar nicht mehr bunt, aber es ist noch immer von einer Köstlichkeit, wenn auch manchmal ein wenig bitter wie Ingwerschokolade: das Wiedergesundwerden im Alter, das Nachlassen der Schmerzen im Bein, die Einsicht und Erkenntnis und die Versöhnung mit Gott, das Glück des gemeinsamen Altwerdens und der späten Zweisamkeit eines Ehepaares, beide nicht mehr gut auf den Beinen, aber sie können sich gegenseitig stützen, was für ein Glück! Der Lahme und der Blinde, die Bank vorm Haus, der letzte Sonnenstrahl, der Brief von den Kindern, die weit weggezogen sind, die Enkelkinder, die man uns gut frisiert und frischgewaschen und ermahnt, brav zu sein, in ihren neuen Kleidchen an einem Festtag zuführt, damit sie die Großeltern wenigstens einmal gesehen haben – ich darf mit diesen Dingen noch meinen Einkaufskorb so voll packen, daß er überläuft, aber das Angebot der letzten Lebensfreuden, so unansehnlich sie jungen Leuten erscheinen mögen, ist so groß, daß ich nicht widerstehen kann und alles mitnehme aus dem reichen Angebot neben der Kasse.

»War alles zu Ihrer Zufriedenheit?« fragt mich dann der hagere Mann an der Kasse. »Was haben wir denn?« Er blickt in meinen Korb und nickt zufrieden.

»Was habe ich dafür zu bezahlen?« frage ich.

»Das Leben«, sagt er.

Ich gebe ihm, was er verlangt, und während ich langsam hinausgehe und mir die Augen zum letztenmal vor Müdigkeit zufallen, daß ich sie nicht mehr aufschlagen werde, sehe ich gerade noch, wie ein neuer Mensch meinen leeren Korb nimmt und ihn wieder mit allen Herrlichkeiten im Selbstbedienungsladen des Lebens füllt. »Guten Einkauf!« rufe ich ihm noch zu. Aber er hört es nicht. Wer hört auch im Leben den Ruf eines, der seit einer halben Minute draußen ist?

Nachworte

Als ich Jo Hanns Rösler 1948 kennen lernte, kannte ich seine Geschichten schon lange. Wer kennt sie nicht! Feuilletonredakteure brauchten keine Angst mehr vor leeren Spalten zu haben, seit Jo Hanns Rösler zum unbestrittenen Meister der deutschen Kurzgeschichte wurde. Dabei ist das Wort Kurzgeschichte für seine Arbeiten zu eng. Er schuf sich eine eigene, unverkennbare Gattung und ist darin seit Jahrzehnten in jeder Beziehung konkurrenzlos – sowohl nach Originalität wie Qualität und Quantität seiner schriftstellerischen Ernte. In den vierzig Jahren seines Schaffens wandelten sich Stoffe und Stil von der lustigen, ja kabarettistisch pointierten Geschichte voll Ironie und Satire zur Schmunzelgeschichte mit überlegenem Humor. Der ältere Rösler betrachtet Menschen und Umwelt mit Güte und väterlichem Wohlwollen. Selbstverständlich war ihm diese Seite seines Wesens schon immer eigen. Eine seiner feinsten Geschichten, den »Liebesbrief an die eigene Frau«, verfaßte er schon früh. Nur ließ er sich in späteren Jahren von der Erkenntnis, daß der Mensch wichtiger sei als die Pointe, gar nicht mehr abbringen.

Als wir uns zum erstenmal begegneten, war Jo Hanns Rösler knapp fünfzig, und ich hatte den Dreißiger hinter mir. Zu meinem Glück folgten nicht nur Jahre immer schönerer beruflicher Zusammenarbeit und echter Kollegialität, sondern auch guter Freundschaft. Ich lernte alle seine Arbeiten kennen, die formal durchaus nicht auf die kleine Form beschränkt sind, erst die Kenntnis seiner Theaterstücke, Bücher und Drehbücher macht die Bekanntschaft mit dem ganzen Rösler. Und dann muß man ihn noch erlebt haben, wenn er selbst las. Rundfunkredakteure erschrecken meistens, wenn ein Autor selbst lesen will. Die meisten sind nicht die besten Interpreten ihrer Werke. Auch Jo Hanns Rösler war natürlich kein geschulter Sprecher, seine Diktion war stark persönlich, und seine Vokale und Konsonanten hatten die heiter liebenswürdige Färbung seiner sächsischen Heimat. Aber seine Persönlichkeit war so stark, daß sie alles trug und stärker und direkter wirkte als die meisten professionellen Interpreten.

Dazu kommt, daß Röslers Geschichten überwiegend seinem Leben entstammen oder darin wenigstens ihren Ursprung haben. Von den Liebes- über die Ehegeschichten bis zu den väterlichen und schwiegerväterlichen Betrachtungen schreibt Jo Hanns Rösler aus seinem Leben. Leben und Werk sind wie bei kaum einem anderen Autor eine Verbindung eingegangen, die nicht mehr zu trennen ist. Die Gefährtin Kitty seiner Geschichten ist die Ehefrau Kitty seines Lebens, und diese Ehefrau wird nach Jahrzehnten einer literarischen Nachgestaltung ihre Doppelgängerin nicht mehr abstreifen können.

Postum ist aus den letzten Geschichten Jo Hanns Röslers leicht abzulesen, daß er sich Gedanken über seinen Tod und das Leben der Seinen danach gemacht hat. Das Wissen um eine nicht mehr ferne Vergänglichkeit spricht deutlich aus dem Rosengleichnis »Eine Schaufel Erde«, und als wackerer Hausvater läßt er auch wissen, wie er sich seinen letzten Weg denkt. Aus der Geschichte »Beigesetzt in aller Stille« erfahren wir, daß er dabei nicht unbeachtet und allein sein wollte. Als echter Wahlbayer war er hiesigen Bräuchen enger verbunden als mancher Eingesessene, und so gaben ihm im September 1966 in München seine Lieben in einer unübersehbaren Schar von Freunden und Kollegen das letzte Geleit, während er in Feilnbach am Wendelstein im Kreise vieler Nachbarn und mit bäuerlichem Brauch der Erde übergeben wurde.

Jo Hanns Rösler haben wir verloren – sein Werk lebt weiter.

Bayerischer Rundfunk München Olf Fischer

Wir kannten uns lange Jahre. Wenn eine Bekanntschaft von Bewunderung erfüllt ist, gilt die Anzahl der Jahre nicht. Allein die Begegnung zählt und ihr nicht zum Schweigen zu bringender Nachklang.

Schon vor Jahrzehnten begegnete mir Jo Hanns Rösler in den drei presseüblichen Initialen »JHR«, die, wie ein Impressum, den unverwechselbaren Stil eines Autors verantworteten, der seine Beobachtungsgabe in klare, exakte und heitere Pointen umzumünzen verstand. Kein Wunder, daß alle Geschichten, die mit JHR signiert waren, gelesen wurden. Man stellte mit Erstaunen fest, wie sehr sich in diesen JHR-Geschichten Fakten spiegelten, die sich an einem selbst bewiesen hatten. Sie stimmten also; für jeden Leser stimmten sie. Und was stimmt schon sonst, wenn jemand die Feder in die Hand nimmt, um etwas Zutreffendes bzw. das zu sagen, was er für zutreffend hält!

Als ich viel später Johannes – mit diesem Vornamen ging er in seine eigenen Geschichten ein – Aug' in Aug' gegenüberstand, seine Stimme mit dem seltenen Timbre hörte, das von ebenso weicher wie metallischer Resonanz war, da wußte ich: Hier ist jemand, der sich um die Differenzierung von Wirklichkeit und Wahrheit auf seine Art abmüht, auch dann, wenn er sich genötigt sieht, eine Allerweltswahrheit aus charmanter Rücksichtnahme zu umschiffen. Denn trotz scheinbarer, gelegentlicher, eigenwilliger, ja, eigensinniger Gradheit, die nie an imponierender Ausstrahlung verlor, drohte der innerste Kern dieses großen und starken Mannes vor Behutsamkeit dahinzuschmelzen. Verstecktes, hartnäckig unterdrücktes Zartgefühl von jener Melancholie, wie sie schon immer Pate poetischer Aussagen war, gab sich offen nur da, wo er sich zu Hause fühlte, wo er zu Hause war. Doch seine ganze Güte, seine bis ins Kleinste reichende Sorgfalt, seine Demut vor den Dingen um ihn lebte erst auf, wenn er allein und für sich war: unter seinen Blumen. Wer ihn sich über Rosen neigen sah, applaudierte der Vorsehung, die ihn Rösler getauft hatte. Nirgendwo sonst paarte sich ihm, dem Sinnierenden und Meditierenden, die Pracht dieser Welt offenkundiger mit der Vergänglichkeit als vor seinen Superstars, deren kurzlebige Poesie sich seiner Fürsprache mehr erfreute als seine eigenen Kurzgeschichten. Vielleicht, weil er – wie bewundernswert! – um die Grenzen seines Schaffens mit fast bürokratischer Exaktheit wußte. Wer schon konnte ihn verleiten, den Rahmen seiner Formen je zu sprengen? Das sei nicht Abwertung, beileibe nicht. Kenner, Freunde und Sachwalter der unterhaltenden Muse wissen, wie schwer die leichte Feder wiegt. Unter wie vielen wohl, die sich der Schriftstellerei ergeben haben, gibt es den, der sich Rösler nennen könnte? Einen, der schmunzeln und nachdenklich zugleich macht, der, von Mode und Opportunismus ungetrübt, seinem Metier so treu bleibt, wie ihm seine Leser die Treue halten? Denn treu, das war Jo Hanns Rösler im tiefsten Grunde seines Herzens. Wo er stand, da stand ein Mann und ein Mensch, und er stand so gewichtig und grundgütig in dieser Welt, daß man dem Tod, der ihn fällte, weder Glauben schenken kann noch will: Lange, sehr lange noch werden seine Geschichten und seine Bücher die Runde machen.

Südwestfunk Baden-Baden — Günther Bungert

Haben Sie schon einmal mit einer Märchengestalt gesprochen? Ich schon, des öfteren. Heute bekam ich sogar einen Brief von ihr. Einen Brief von »Kitty«, dieser Märchenfigur, die in beinahe allen Werken Jo Hanns Röslers gezeichnet, gemalt und dargestellt ist.

Ihr alle, ihr lieben »Röslerfreunde«, wißt genau so wie ich, daß es Kitty auch wirklich gibt. Sie war seine Frau und die Mutter seiner Kinder. Und ein eigenes Leben führte sie noch in seinen Büchern.

Heute schrieb sie mir, ich möge zum letzten »Röslerbuch« ein Nachwort schreiben. Ich will es versuchen im Gedenken an Jo Hanns Rösler, der mein Freund war. Ich habe wenige Freunde, aber er stand an der Spitze. Drum kann ich über solchen Zeilen nur darüber nachdenken, wie er mein Freund wurde.

Es sind einige Jahrzehnte her, daß mir eines Tages eine sehr merkwürdige Geschichte in die Hand fiel, deren Inhalt so war, daß man ihn gerne selber verfaßt hätte. Es war der »Liebesbrief an die eigene Frau«. Ich habe diesen Liebesbrief mancher Frau vorgelesen – bald konnte ich ihn natürlich auswendig – und habe damit große Wirkungen erzielt. Später lernte ich – so wie Sie, lieber »Röslerfreund« – noch manche andere Geschichte meines Freundes kennen und benutzte die Gedanken daraus. Immer war alles brauchbar für viele Situationen im Leben.

Und jetzt soll ich zum letzten Werk Johannes' etwas sagen?

Ja, doch nur so viel, daß ich von nun an nicht mehr wissen werde, wer mir die vielen liebenswerten Ratschläge für alle Gelegenheiten des Lebens so als Dichtwerk niederschreiben wird – und es wird Ihnen, lieber »Röslerfreund«, genauso ergehen, wenn Sie dieses letzte Buch von Johannes Rösler gelesen haben werden.

Österreichischer Rundfunk Wien — Wilhelm Hufnagel

Deutsche Autoren

IM GOLDMANN-TASCHENBUCH

Merkzettel

Zum Ausschneiden für Ihren Besuch beim Buchhändler, wo Sie auch die anderen Goldmann-Titel finden.

Ingeborg Drewitz
Gestern war heute
3934
Bernt Engelmann
Wie wir wurden, was wir sind
6388
Walter Kempowski
Aus großer Zeit
3933
Manfred Bieler
Der Kanal
3998
Hans Hellmut Kirst
Hund und Mann
6434
Fritz Raab
Das Denkmal
6317
Ilse Gräfin von Bredow
Kartoffeln mit Stippe
6393
Gerhard Zwerenz
Auf den Tod ist Verlaß
6479
Joachim Fernau
Die Gretchenfrage
6306
Herbert Rosendorfer
Stephanie und das vorige Leben
3823

Verlangen Sie das Gesamtprogramm beim Goldmann Verlag · Neumarkter Str. 18 · 8 München 80